甘《あま》い恋《こい》

星野《ほしの》 伶《れい》

ILLUSTRATION：木下《きのした》けい子《こ》

甘い恋

LYNX ROMANCE

CONTENTS

甘い恋

平岡悠《ひらおかゆう》は手元の資料を読むふりをしながら、会議室から出てきた女子社員にチラリと視線を向けた。いや、正確には彼女が持っている白い箱に、だ。あの特徴的な形をした箱の中に入っているのは、おそらくアレだろう。

悠は彼女に気付かれる前に意識して視線を逸《そ》らし、斜め向かいのデスクに座る後輩に声をかける。

「中山《なかやま》、明日の会議で使う資料は用意出来てるか？」

中山は「もちろんです」と得意げな顔でサッと紙の束を差し出してきた。それを受け取りつつ「言われる前にやってあるなんて珍しいな」と言うと、中山は不服そうに口を尖《とが》らせた。

「いつまでも新人扱いしないでくださいよ。そりゃあなんでも完璧にこなせる平岡さんと比べたら、オレなんてまだまだですけど」

わかりやすく肩を落とした中山を見て、会話を聞いていたらしい先ほどの女子社員——樋口《ひぐち》がクスリと笑う。

「中山さん、ケーキ食べますか？　さっきお客様から差し入れで貰《もら》ったんです」

その言葉に中山の瞳が輝く。そして少しも待てないのか、お茶の準備をする樋口にくっついて行ってしまった。中山の食い意地には呆《あき》れてしまう。悠は注意する気も失せ、資料のチェックに没頭した。

「平岡さんもいかがですか？」

悠が視線を上げると、例の白い箱が目の前に差し出された。その中には定番のストロベリーショートケーキをはじめ、見た目は地味だがシュワシュワとした食感と優しい甘さがクセになるスフレチーズケーキ、サクサクのタルト生地に贅沢《ぜいたく》に白桃を敷き詰めた桃のタルト、濃厚なチョコレートで円形のケーキ全体をコーティングし、アクセントに金箔《きんぱく》を散らしたザッハートルテ……などなど、見た目にも楽しいデコレーションをほどこされたケーキがいくつも入っている。

悠は無意識にゴクリと唾《つば》を飲み込む。

時刻は午後三時。ちょうど小腹が空《す》いてきている。けれど悠は目の前のケーキに手を伸ばすことは出来なかった。

「いや、僕はいい」

「平岡さん、いらないんですか？　じゃあオレもう一個貰おう」

悠が言い終わるか終わらないかというタイミングで、中山がサッと横から手を伸ばしショートケーキを掻《か》っ攫《さら》った。

「あっ」

悠は咄嗟《とっさ》に声を上げてしまった。それに反応して、中山がケーキを片手に訝《いぶか》しそうな視線を送ってくる。

「どうかしましたか？」

「……いや、手摑《てづか》みするなんて行儀が悪いなと思っただけだ」

悠は無理矢理視線を資料に戻すと早口で答える。能天気な中山は悠の複雑な胸の内など露知らず、

「なんだ、ケーキが欲しかったのかと思いましたよ」と茶化した。その他愛もない一言に、紙片を捲《めく》

る指先が止まる。

「でもそんなわけないですよね。平岡さん、甘い物苦手だし。オレ、入社してから一度も平岡さんが甘い物食べてるところ見たことないですもん」

「あ、そうだったんですか？　私何も知らなくて……」

中山の言葉にケーキをすすめてきた入社間もない樋口が、申しわけなさそうな顔をした。

「でもイメージ通りです。平岡さんて外見も内面もスマートですよね。どんな時も冷静で、同年代の人と比べても余裕があって、大人の男の人って感じで。甘い物が苦手って聞いて、ああやっぱりなって思いました」

「そうそう、平岡さんはケーキより、いつも飲んでるブラックコーヒーの方がよく似合ってますよ。だからこれからは、平岡さんの分のお菓子はオレに渡してね」

中山は冗談っぽく言うとケーキにパクリと齧《かじ》りつく。中山は成人男性のくせに大の甘党らしく、社内で差し入れが配られると一番に飛びついている。それを恥ずかしがる様子もない。

悠は雑談を続ける中山にチェックした資料を手渡す。

「中山、この資料いくつか抜けがあった。休憩もそのくらいにして仕事戻らないと残業になるぞ」

中山は「まじっすか」とうな垂れた。

悠はそんな後輩を横目にチラリと時計を見やる。あと二時間で勤務終了。悠も頭を切り替えて自分の仕事に意識を集中する。

──今日は絶対に定時で帰る。

悠は目標を定めると、それを達成すべく猛然と仕事に取りかかった。


「……やっぱり無理だ」

その日の夕方。

悠は自宅マンションまでの帰り道にある商店街に佇《たたず》んでいた。

目の前には全国にチェーン展開しているケーキ屋がある。意気込んで店の前まで来たものの、どうしてもあと一歩が踏み出せない。

「……一度帰って着替えてこよう」

スーツ姿だから、余計に入りづらいと感じるのかもしれない。

そう思った悠は店の前で踵《きびす》を返すと、心持ち急ぎ足で商店街を抜ける。足早に歩きながら会社での出来事を思い返していた。

──上手《うま》く誤魔化《ごまか》せていただろうか。

昼間は不意打ちをくらった。突然、以前から食べたいと思っていた、有名店のケーキを目の前に出されたから動揺してしまったのだ。しかもその中でも一番食べたかったショートケーキを中山に奪われ、無意識に声を上げてしまった。おそらく勘づかれてはいないだろうが、危ないところだった。

そう、何を隠そう、悠も中山に負けず劣らずの甘党なのだ。

親が虫歯になるからと小さい頃にあまりお菓子を食べさせてもらえなかった反動からか、二十九歳になった今も甘い物に目がない。

本心ではとてもあのケーキを食べたかったが、同期の中でも出世頭と言われ、主任の肩書きを持つ自分が無類の甘党だなんて知られたくなくて、我慢した。

もしも中山のように童顔で子供っぽい性格だったら、まだよかったのかもしれない。けれど悠は見た目からして『甘い物』が似合わなかった。

細身の身体《からだ》に、男くささを感じさせない線の細い容貌。インテリアコーディネーターという仕事柄、身につける物や身だしなみにもそれなりに気を遣っている。そんな外見のため、周りからはストイックなイメージを持たれていた。

しかし中身はごくごく普通の男。間違ったイメージを持たれ、窮屈に感じる時もあった。

特に今日のような時は、自分に素直な中山が羨《うらや》ましくなる。

本当はブラックコーヒーよりも砂糖を入れた紅茶、特にミルクティーが好きだし、ケーキだって食べたい。でもこれまでずっとこういうキャラで通してきたのだから、今さら変えることは出来ない。

それに、大の男が見るからに可愛《かわい》らしいケーキ屋に一人で入る勇気もなく、いつもはコンビニで小さいチョコレートを買うくらいで我慢していた。それも毎回では恥ずかしいので、週に一回だけと決めている。

——最後にケーキを食べたのはいつだったかな。

目の前でケーキを見たせいだろうか、悠はそんなことを考えてしまう。そして悲しくなるほどしばらくケーキを口にしていないことに気付き、ますます食べたくなってしまった。

一度思い始めたら、もう我慢出来ない。

悠はケーキが食べたい一心で仕事を手早く終わらせ、一目散に自宅近くのケーキ屋を目指した。しかし店の客や従業員は全員女性で、男一人での入店は尻込みしてしまう。だが、今日はどうしても諦《あきら》めきれない。

一度体勢を立て直し、なるべく早くスマートに立ち去るためにも、今から注文するケーキを決めておかなくては……。

スムーズにケーキを手にし店を出るためのシミュレーションをしながら、自宅マンションまでの道を歩く。

「ん？」

けれど、商店街を抜けて住宅街に少し入った辺りで、ふと足を止めた。

——どこからか甘い匂《にお》いがする。

甘い物に飢えていた悠は、無意識に匂いの元を辿《たど》っていた。まるで導かれるように細い路地へと入っていく。

「ここは……」

悠の目に古びた二階建てのビルが飛び込んできた。

もう四年ほどこの街に住んでいるが、いつもは自宅まで真《ま》っ直《す》ぐ帰っているので、一本路地を入ったところにこんな店があるなんて気付かなかった。

「パンを売ってるのかな？」

小さなビルの一階は店舗になっているらしく、店内の様子が外からも窺《うかが》える。窓ガラスの向こうの棚には、たくさんパンが並べられていた。

この店から甘い匂いがするし、パンを置いてあるのだから、ここはおそらくパン屋なのだろう。しかしいまいち確信が持てない。なぜならどこにも看板がないからだ。

いつもならこんな寂れた雰囲気のパン屋になんて、入ろうとも思わない。けれど悠は見つけてしまった。棚に置かれたクリームをふんだんに使ったデザートパンを。

ケーキとパンは違う。

でも今日の悠は、どうしようもなく甘い物を欲していた。

ケーキ屋には入りづらいが、パン屋なら普通に男性客も訪れる場所だ。しかし、どうも店自体が客を拒んでいるような印象を受ける。

甘い匂いに惹《ひ》かれるものの、ドアを開けるのを躊躇《ちゅうちょ》していた、その時。

「こんにちは！」

「わっ」

年季の入った木製のドアがガチャリと開き、見知らぬ青年が声をかけてきた。突然のことで心底驚くが、目を白黒させている悠になどお構いなしに、彼はニコニコと笑顔で話し出した。

「パン、好きなんですか？」

「え、ええ」

「遠慮せずに中へどうぞ。店の奥にも並べてあるので」

青年にやや強引に招き入れられ、悠は断ることも出来ず店内へと足を踏み入れる。

そう広くない店内は外観同様、古びた上に飾り気のない内装だった。窓際と壁に二段の棚が置かれ、中央には四角いテーブルと奥にレジがあるだけの、機能性重視の質素なレイアウトだ。照明も暗い。しかしどの棚にも様々な種類のパンが陳列されており、これまで行ったことのあるパン屋の中でも断トツの品揃《しなぞろ》えだった。

「……ずいぶんたくさんあるな」

悠が思わず呟《つぶや》くと、青年がニコリと愛想よく笑う。

「ええ。うちの売りは品揃えが豊富なことなんです」

「へえ……」

それは売れなくて残っているだけなのでは……という考えが一瞬頭を過《よ》ぎる。それを察したかのように、青年が冗談めかして言葉を続けた。

「まだ開店して間もないので、固定客が少ないんです。でも味は店員のこのオレが保証しますよ。うちの店主が、早朝から心を込めて焼いたパンですから」

「店主？　君は？」

「あ、オレはバイトです。実際にパンを焼いてるのは彼です」

青年が目線をレジの方へと向ける。それを辿っていくと、レジの奥の厨房《ちゅうぼう》スペースでコックコートを着た男性が何やら黙々と作業をしていた。

「弘《ひろ》兄、お客さん！」

男性が手を止めこちらを振り返った。鋭い瞳が悠をとらえる。彼は目が合うとなぜか眉間に深い皺《しわ》を刻み、厨房からゆっくりとこちらに向かって歩いてきた。

――でかい。

正面に立った男は、悠より頭一つ分は身長が高かった。捲《まく》った袖から覗《のぞ》く腕も逞《たくま》しく、妙な威圧感を覚える。

「初めまして。平岡です」

不機嫌そうな男の様子に、悠は反射的に仕事の時のような愛想笑いを浮かべた。けれど男は口をむっつりと引き結んだまま、一言も発しようとしない。それが客に対する態度かとやや腹が立ったが、男の迫力に負けて、悠はただニコリと引きつった笑みを作るしかなかった。

「弘兄、せっかく来てくれたお客さんなんだから、もうちょっと愛想よくしないと」

向かい合ったまま膠着《こうちゃく》状態の二人を見て、バイトの青年が呆れたように口を挟んできた。

「……どうぞ、ゆっくり見ていってください」

ようやく男が口を開く。見た目から予想された通り、低く重い声音だった。

男はそれだけ告げると軽く会釈して奥に引っ込む。

「相変わらず接客が下手だなぁ。すみません、弘兄は口下手で」

「いや、気にしなくていい」

顔にはよそ行きの笑顔を貼り付けているが、内心は不愉快だった。客を睨《にら》みつけるなんて、いったいここはどういう店なんだ。

悠が苛立《いらだ》ちを堪えてそう言うと、青年は店主をフォローするかのように言葉を続ける。

「パン職人としての腕はいいんですけど、接客が苦手みたいで……。だから従兄弟《いとこ》のオレがこうして店に出てるんです」

「従兄弟なのか」

「ええ。あ、オレは石森要二《いしもりようじ》です。本業は大学生で、弘毅《ひろき》兄さんはオレの五つ上の二十五歳」

「へえ……」

要二はベラベラと聞いてもいないことを話し始めた。悠は要二との会話をどう切り上げようか考えつつ、適当に相づちを打つ。

「おすすめはいっぱいありますけど、男性のお客さんに人気なのはチーズクッペですね。外はパリッと中はフワッとしていて、そのまま食べてもいいですし、メインディッシュのお供にも最適です」

そう言って棚を指し示す。

悠の目当てはデザートパンだったが、それを言い出しづらい雰囲気になってしまった。仕方なく「それを一つ貰うよ」とクッペに手を伸ばす。適当にパンを買って、さっさと帰りたかったというのもある。

「待て」

しかし要二に渡されたトレイにクッペを載せたところで、再度厨房から出てきた弘毅に遮《さえぎ》られた。

「これは売れない」

「え？」

弘毅にトレイごと取り上げられてしまう。

いったいなんだというのだ。

悠が驚いて男を見上げると、弘毅が険しい顔で見つめ返してきた。

「今日はあなたに売るパンはありません」

「は、はあ？」

悠の口から上ずった声が零《こぼ》れる。弘毅は唖然《あぜん》とする悠に構わず、他のパンも棚から下げ始めた。

売るつもりで並べているくせに、売れないとはどういうことだ。パン屋のくせに客を選ぶというのか。

本音は今すぐこの店から出ていきたかった。こんな失礼な態度を取られたら誰だってそう思って当然だ。この店が流行《はや》っていないのは、外観の古さに加えて店主の愛想のなさも過分に影響していると思う。

デザートパンを買いそびれた恨みも手伝って、徐々に苛立ちが込み上げてきた悠は、一言文句を言ってやろうと口を開いた。

「あっ」

しかし悠が言葉を発する前に、隣にいる要二が短く声を上げた。

「そうだ、もうすぐ閉店の時間なんですけど、パンがいっぱい余ってるんで、よかったらいくつか貰ってください」

「……気を遣わなくていい」

悠は憮然《ぶぜん》として返す。

「これをきっかけに、うちの常連になってくれるかもって下心も込みなので、遠慮しないでください」

要二は重ねてすすめてきた。いいと言っているのに店の紙袋に次々とパンを放り込み、悠の胸元に押しつけてくる。

「こんなに貰えない。いくらか払うから」

「いいですって。とりあえず食べてみて、気に入ったらまた来てください。弘兄、いいよな？」

膨《ふく》らんだ紙袋を手に男に視線を向けると、弘毅は作業の手を止めずにコクリと無言で頷《うなず》いた。だがその横顔はどう見ても渋々といった感じだ。

「やっぱり代金を払う。売り物をこんなに貰うわけにはいかないから」

「弘兄もいいって言ってるから大丈夫です。またのご来店をお待ちしてます」

要二に半ば強引にパンを押しつけられ、有無を言わさぬ勢いで見送られてしまう。正直早く立ち去りたかった悠は、パンの入った袋を抱えて店を後にした。

——変な店だったな。

もう足を向けることはないだろう。貰いっぱなしというのも気が引けるが、あんな横柄な態度の店主がいる店には行きたくない。

悠はなんだか気疲れしてしまい、真っ直ぐマンションに帰宅するとソファにどかりと腰を下ろした。スーツの上着を背もたれにかけ、ネクタイを緩めたところではたと気が付く。

——ケーキを買いに行くはずだったのに……。

時計を見ると、ケーキ屋はすでに閉店している時間だった。思いのほかあのパン屋で時間を取られてしまったようだ。

「今日は久しぶりにケーキが食べられると思ったのにっ」

楽しみにしていた分、食べられなかった悔しさはかなりのものだった。

それもこれも、あの変なパン屋のせいだ。

悠はテーブルにぞんざいに置いた紙袋を恨めしそうに見つめる。

「僕はパンよりケーキを食べたかったんだ」

悠は紙袋に手を伸ばすと、そのまま逆さにしてテーブルの上にパンを転がした。

要二が手当たり次第詰め込んだので、七つもパンが入っていた。

「一人暮らしなのに、こんなにたくさん食べきれるわけないじゃないか」

悠はブツブツと文句を言いながらも、夕飯代わりに食べようとパンを吟味し始める。

「焼きそばパンに、コロッケパン……」

どこのパン屋にも置いてある定番のパンを、一つ一つ手に取っていく。その中に一つだけ、透明のパックに入れられたパンがあった。

「これは……」

悠はすぐさまそれを手に取ると、パックを開け目の前に持ってくる。

手の平程度の大きさのデニッシュ。その中央には窪《くぼ》みが作られ、そこに悠が切望していた生クリームが渦を巻いてたっぷりと載っていた。てっぺんには、半分にカットされたイチゴとミントの葉が盛りつけられている。まるでケーキのようなデザートパンだった。

「でもあの男が作った物だし……」

悠は一瞬喜んだものの、無愛想な男の顔を思い出し、味を期待せずにパンに齧りつく。

「……ん？」

一口食べてすぐにまたパンを口にした。

——美味《うま》い。

信じられないことに、とても美味《おい》しかったのだ。

デニッシュのさっくりとした食感とバターの匂い。続いて滑《なめ》らかな口どけの生クリームの味が広がっていく。生クリームもただ甘いだけではなく、ミルクの香りが高く濃厚で、上に載ったイチゴとの相性も抜群だ。

悠は久しぶりの生クリームに夢中になって、あっという間にパンを平らげていた。

「ふう、美味かった」

口元についたクリームを拭いながら、満足げなため息をつく。

まさかこれほど美味いとは思わなかった。あの男の外見も、到底パンを焼くようには見えないし、ましてやデザートパンなんて作ろうとすら思わない感じだったからだ。

「……パン屋なら男でも入りやすいよな」

それにあの店には男の店員しかいなかった。パンの売れ残り具合からして、他の客もあまり来ないのだろう。

悠はおそらく店名であろう『石森』と印字された茶色の紙袋を見やる。

「パンをたくさん貰っちゃったしな。仕方ない、また行ってやるか」

悠は他の惣菜《そうざい》パンにも手を伸ばしつつ、ポツリと呟いた。

「平岡さん、いらっしゃい」

「こんにちは」

木製のドアを開け中に入ると、レジで暇そうにしていた要二が声をかけてきた。

「この時間に来るなんて珍しいですね」

「今日は仕事が休みなんだ。昼飯にここのパンが食べたくなってね」

悠がトレイとトングを持つと、よほど時間を持てあましていたのか、要二がレジから抜けて歩み寄ってきた。

「あれ？　今日って平日ですよね。平日が休みの仕事なんですか？」

「ああ。ハウスメーカーに勤めてるから、お客さんが一番多い土日祝日は出勤で、それ以外の平日に休みを取ってる」

「なるほど。ちなみに平岡さんはどんな仕事をしてるんですか？」

「僕はインテリアコーディネーターとして働いてるんだ。住宅展示場の内装に合わせた家具を揃えたり、住宅を購入された方の希望に合った家具を提示したりするのが仕事」

大学二回生だという要二は来年から就職活動に入る。そのため、今から色々な職種について情報を集めているらしい。

「横文字の職業って、なんか格好いいですよね」

歳のわりに受け答えがしっかりしている要二だが、時々出る若者らしい言葉にやはりまだ二十歳《はたち》の青年なんだなと思う。

悠は惣菜パンを二つ取ると、次にデザートパンの置かれている棚へ向かった。いくつか並んだパンの中から、今日は細長いフランスパンに濃厚なミルククリームを挟んだシンプルなミルクフランスを選ぶ。

この店を訪れた際にはこうやって必ずデザートパンを買っているが、それについて要二から何か指摘されたことも変な顔をされたこともない。普通に会計をしてくれるおかげで、心おきなく甘いものが買える。

「そういえば、今日は店長さんはいないのか？」

悠はふと気付いて、パンの載ったトレイをレジに持っていきながら奥の厨房に目線を送る。いつもは会計をしている時に、必ず厨房で働く弘毅の姿が目に入った。けれど今日はどこにも彼の姿がない。

「弘兄はちょっと外出中。何か用でもありましたか？」

「別に用はないけど、店にいないなんて珍しいと思って」

要二が含み笑いする。

「平岡さんがいつも来る夕方は必ずいますもんね。平岡さんは数少ない常連のお客さんだから、弘兄なりにもてなしているんですよ」

「え？　どこが？」

思いも寄らない言葉に驚いて、聞き返さずにはいられなかった。

初めてこの店を訪れた日から一ヵ月が過ぎている。悠はこの店のデザートパンが気に入って、週三回は買いにくるほどの常連になっていた。

人懐っこい性格の要二とはすぐに打ち解け、こうして入店するたびに取り止めのない雑談に興じているが、店主の弘毅はいつ来ても厨房に籠もっていて、レジをする時に申しわけ程度の会釈を交わすくらいだ。全くといっていいほど会話をしていないし、相変わらずの仏頂面でニコリともしない。自分は嫌われているのではないかと疑ってしまうほどだった。

「やっぱり平岡さんも誤解してたんですね。弘兄はあんな見た目でしょう？　ただでさえ人に怖がられることが多いのに、人付き合いが苦手で口下手なもんだから、余計に怖がられちゃうんです。本人もそれを知ってるからあえて人前に出ないんですけど、平岡さんは大切なお客さんだからって、弘兄なりに頑張って店にいるようにしているみたいです」

「そうなのか？」

「そうですよ！　二十年の付き合いのオレが言うんだから間違いないです。弘兄は見た目がちょっと怖くて不器用なだけで、中身は優しいパン屋さんなんです」

要二に力説されても、これまでの経緯からいまいち信じられない。

「でも僕を見ると眉間に皺を寄せるんだぞ」

「それは……あ、弘兄おかえり」

その時ドアが開き、コックコートの上に薄手の上着を羽織った弘毅が入ってきた。そして要二の隣に立つ悠に気が付くと一瞬だけ目を見開き、そしていつものように眉間にクッと皺を寄せた。

「こんにちは」

「……いらっしゃい」

ボソッと小声で答えると、彼は逃げるように厨房に消えた。そんな弘毅を見て、要二が耳打ちしてくる。

「今のはいつもと違う時間に平岡さんが来てたから、ビックリしたんですよ。それで反応に困って眉間に皺を寄せちゃったんです。不機嫌なわけでも怒ってるわけでもないんですよ」

一人っ子の要二にとって弘毅は本当の兄みたいな存在だから、自分以外の人にも本当の彼を知ってほしいのだと続けた。

要二が嘘《うそ》をつくような青年ではないとわかっている。しかし、やはり自分は嫌われているような気がしてならなかった。


「平岡さん、最近食堂で見ないですけど、昼飯はどうしてるんですか？」

その問いかけに時計を確認すると、十二時五分前になっていた。体格に似合わず大食漢の中山は、毎日十二時近くなると仕事そっちのけでソワソワし始める。

いつもなら注意するところだが、今日は中山の口から出たなんの気ない質問に気を取られ、そのタイミングを失ってしまった。

「……パンを買ってきてるんだ。うちの近所のパン屋が美味しくて、最近ハマってて」

その答えに中山は「なんだ」と少しがっかりした顔になる。

「どこか美味い飯屋を見つけて通ってるんなら、今度オレも連れてってもらおうと思ったのに」

「うちの社員食堂もそれなりに美味いだろ」

「値段のわりには美味いけど、たまにはちょっといい物食べたいんですよ」

本気で残念がっている様子がおかしい。

「そこのパンも中々美味いんだ。今度中山にも買ってくるよ」

「パンはオレの中ではご飯じゃなくてオヤツに分類されるんです。腹の足しにならないですよ。平岡さん、よくパンだけでもちますね」

――それはきっと食後にデザートパンを食べているからだ。

そんなことを言えるはずもなく、どう返そうか考えていると、バッグを手にした三人組の女子社員に声をかけられた。

「平岡さん、よかったらお昼一緒にどうですか？」

どうやら中山と話している間に十二時を回っていたらしい。

今日も弘毅の店のパンを持参している悠は、どうしようか一瞬悩む。その隙になぜか中山が「いいですね！」と返事をしてしまった。

「どこ行きます？」

「えー、中山くんは誘ってないわよ」

「えー、大勢で食べた方が楽しいじゃん。皆で行きましょうよ!ね、平岡さん、とこの流れで振られては断れない。悠はパソコンの電源を落とし立ち上がる。

「中山も一緒でいいかな」

「当たり前じゃないですか！　さ、早く行きましょう！」

中山自らそう答えると、悠の背中をグイグイ押してきた。彼女たちもそんな中山の憎めない行動に苦笑いしている。

こうして一行は女子社員たちのおすすめだという近くのカフェレストランに向かった。

「へえ、こんなとこに店があったんだ」

「下に看板も出してないし、目につきにくい場所にあるから、穴場なんです」

雑居ビルの階段を上っていくと、レトロなドアベル付きの木枠のドアが現れる。先頭に立つ中山がドアを押すとカランカランと軽やかな音を立てた。店内はカフェというより喫茶店といった雰囲気で、入って左手に長いカウンターテーブル、右手の窓際にはテーブル席が六つ設けられている。さほど広くはない店内は八割ほどしか客が入っておらず、待つことなくテーブル席へ通された。

木目を活かした落ち着いた色合いのイスに座るやいなや、中山はメニューを開く。

「おすすめは？」

「日替わりランチセットですね。食後に出してくれるコーヒーとスイーツが美味しいんです」

以前ケーキをすすめてきた樋口が答える。

「じゃあオレそれ頼もう！　平岡さんは？」

「僕も同じ物を」

中山は手を上げて店員を呼ぶと、五人分のランチセットを注文する。ほどなくしてサラダとコンソメスープ、そしてメインのカルボナーラが運ばれてきた。

「うん、美味いっ」

中山はフォークを器用に使い、あっという間に平らげてしまう。対して女性陣は三人で楽しそうにおしゃべりしながら、ゆっくりパスタを食べている。

そしてようやく彼女たちの食事が終わった頃、ホットコーヒーとデザートが運ばれてきた。葉っぱの形を模した白い皿の上には、生クリームが添えられたベイクドチーズケーキが置かれている。悠は視線を無理矢理ケーキからコーヒーに移す。

「チーズケーキ、久しぶりだ」

甘党の中山は目をキラキラさせながら躊躇《ためら》いなくデザートフォークでチーズケーキを切り分けると、パクリとそれを頬《ほお》張った。

「甘さ控えめだけど、濃厚で美味い！　んー、幸せだ」

　中山の素直な反応に、女性たちがクスクスと笑う。なんだか和やかな雰囲気だ。ベイクドチーズケーキならそれほど甘くもないし、この流れだったら自分も少し食べてみても大丈夫かもしれない。悠がそろそろとフォークに手を伸ばしかけたその時、樋口が「そうそう」と話題を振ってきた。

「私の彼氏も甘い物好きなんですよ。どう思います？」

　他の女子社員がそれに応える。

「あんたの彼氏って、見た目いかつい感じだったよね？　あの外見で甘党かぁ。うーん、ちょっとねぇ……」

「ですよね。中山さんみたいなタイプの人だったら、甘党でも可愛いって思えるけど。デートの時もカフェでケーキとか普通に食べるから、ちょっと恥ずかしくて」

「そうかな？　私は別にいいと思うわ。意外性があっていいじゃない。気にし過ぎだって」

「えー、でも……」

　悠は彼女たちの会話を聞いて、ケーキに伸ばしかけた手をゆっくりとカップに持っていき、気持ちを落ち着けようと一口コーヒーを飲む。すると樋口がそんな悠を見て笑顔で続けた。

「その点、平岡さんはイメージ通りですよね」

　彼女に悪気がないのはわかっている。けれど外見から想像される勝手なイメージを押しつけられていると感じ、一気に居心地が悪くなった。

　インテリアコーディネーターという仕事柄、おしゃれでスマートだと思われがちだが、悠の自宅は独身の一人暮しらしくそこそこ散らかっているし、愛用しているマグカップは百円ショップのものだ。部屋着は襟首の伸びたTシャツで、出かける予定がなければ髭《ひげ》も剃《そ》らない。そのため以前付き合っていた女性を初めて部屋に上げた時に、気を遣っていない室内を見て、見た目から受けるイメージと違うと言われ幻滅されたことがあった。

なぜ周りの人は自分に過度な期待をするのだろう。誰だって内と外では違うだろうに。

確かに外見や仕事ぶりを褒《ほ》められれば悪い気はしない。でもこんなふうに言われたら、ますます甘い物が好きと言い出せなくなってしまう。

人の言うことなど気にしなければいい——そう思っても踏ん切りがつかない。本当の自分を出して周囲の人に変な目で見られたら……。どんな反応をされるか考えると怖くて言い出せない。見栄っ張りな悠はいつしか素の自分を隠すようになっていた。

そんな思いから、悠が曖昧《あいまい》に返事を濁《にご》していると、「もったいないからオレが食べちゃいますね」と横から中山にチーズケーキが載った皿ごと奪われてしまう。彼女たちの手前文句も言えず、妙に息苦しかった。

——でもあのパン屋は違う。

あそこでなら変に気を張らずにいられる。大好きなデザートパンを買うことに躊躇うこともない。あの店は悠にとってとても貴重な場所になっていた。

ふと脳裏に昼食に食べるはずだったチョコデニッシュが浮かぶ。サクサクのデニッシュ生地の上に白と黒のマーブル模様のチョコレートをふんだんにかけ、さらに中にも分厚い板チョコとカスタードクリームが入っている。

弘毅の作るパンはどれも絶品だが、やはりデザートパンが一番だ。最近はそのデザートパンの種類も増え、毎日どれを食べようか悩むほどだった。

あの店と出合ったおかげで毎日甘い物が食べられる。まさに至福。

デザートパンのことを考えると、落ち込んでいた気持ちが浮上していくのを感じ、悠はまた笑顔で彼女たちの会話に加わった。


「ああ、腹減った」

中山が力ない声で呟く。

気が付くと時刻は夜の八時を回っていた。悠もさすがに腹が減ってきている。鞄《かばん》の中には昼に食べられなかったチョコデニッシュが入っているが、中山の前で食べるわけにもいかずその気持ちをグッと堪えた。

「腹減りすぎて頭が働かないっすよ……」

そう言いながら、中山はパタンと机に突っ伏す。

このところ急に仕事が立て込み、残業続きになっていた。

世間が夏休みに入る頃になると、モデルルームを見学する家族が増える。今回悠たちが任されている物件はファミリー向けの分譲マンションで、三タイプの間取りに合わせた家具や家電のコーディネイトをしなくてはならない。

いつもならそれほど手間取らないが、今回はその一室を中山が主体となって受け持つことになった。悠は自分に割り当てられた仕事の他、初めて物件を扱う中山を補佐する役目についている。自分の仕事はほぼ終わっているのだが、中山の方が中々進まず、連日こうして残業に付き合っていた。

手伝ってもらっているというのに、中山は机の上にうつ伏せたまま、完全にやる気のないポーズを取っている。

「中山、あともう少しやってキリのいいところまで終わったら、今日はもう帰ろう」

「無理です。もう何も出来ません」

「中山……」

正直な後輩の言葉に、悠は呆れてしまう。

「平岡さんも腹減ってるでしょう?」

生唾を飲み込む悠に中山も気付いていたようだ。デザートパンに思いを馳《は》せていたなどと言えるはずもなく、悠は咳払《せきばら》いすると表情を引き締めた。

「早く仕事を終わらせよう」

しかし中山はグズグズして仕事に取りかかろうとしない。

「腹が減っては戦は出来ないって言うじゃないですか。そうだ、オレちょっとそこのコンビニに行ってきます」

仕事をするどころか、買い出しに行こうと席を立った中山を慌てて引き止める。

「このままじゃあ終わらないぞ。中山が初めて任された物件じゃないか」

「そうなんですけど……。やっぱりオレにはまだ早かったのかも」

中山はストンと力なくイスに座ると、暗い表情で呟いた。愚痴とはやや違う声のトーンに、悠は向かいの中山のデスクを覗き込む。俯《うつむ》いているので表情は窺えないが、この弱気はどうも空腹のせいだけではないような気がした。

「どうしたんだ、最初は張り切っていたのに」

「……この物件、オレはアットホームな部屋にしたかったんです。でも課長にもっとスタイリッシュにしろって言われて、仕方なく変更して……。でも直しても直しても、何回もリテイクくらうし……。もうどこを直したらいいのかわからないですよ」

「ちょっと見せてみろ」

悠は中山が手直ししている企画書に目を通す。上司の言葉に従って、家庭的な雰囲気から、若い夫婦が好みそうなモダンテイストに変更していた。

全体的に悪くはない。だが、『これ』という売りがなく無難にまとまってしまっている。

「課長はどこが駄目だと言っていた？」

「物件を買おうかどうか迷っているお客様の背中を、もう一押しするような何かが欲しいって言ってました」

「だろうな」

悠が同意すると中山が悲痛な声を上げる。

「その『何か』が思いつかないから悩んでるんですよ……」

「確かに難しいけど、早くまとめないとこの後の作業にも支障が出る。なんでもいいから、いくつか考えてみろ」

中山が悠の顔色を窺うようにチラリと視線を上げた。

「ちなみに平岡さんだったらどうします？」

「これはお前が任された物件じゃないか。僕の考えを取り入れると、全体的なバランスが悪くなる」

家にはそこに住む人の個性が出る。同じ家具を使っていても、他の小物や配置などで家の印象がガラリと変わっていく。中山もそんなことはわかっているだろうに、相当煮詰まっているようだ。

「それはそうですけど……。平岡さんはどんな仕事もパパッと出来ちゃうでしょ？　参考までに聞いてみたかったんです」

「そんなことはない。僕だって仕事で行き詰まることくらいあるさ」

「今まで行き詰まってる平岡さんを見たことがないです。いつもそつなく仕事をこなして、しかもちゃんと結果を残してるし……。外見からしてザ・デキル男って感じで、欠点なんて何もないじゃないですか」

「……」

——どうしてそう思うんだろう……。

ただ仕事柄身なりや立ち居振る舞いに気を付けているだけで、自分だって普通の男だ。その仕事にしてもたまたま適職に就いたからそれなりに成果を上げているが、失敗した経験ももちろんある。

中山に言われ、忘れかけていた今日のランチでの出来事を思い出してしまい、モヤモヤとしたものが込み上げてきた。

悠はその後、中山を時に励まし時に叱咤《しった》しながら仕事をするよう促したが、結局会社を後にしたのはそれからさらに二時間が経った頃だった。

中山とは駅の改札口で別れ、悠は疲労感に苛《さいな》まれながら地元の駅からマンションに向かって歩いていた。途中のコンビニで買った夕食の弁当を入れたビニール袋が、歩くたびにガサガサと音を立てる。

「疲れたな……」

シャッターが下り人影もまばらになった商店街を歩きながら、思わず独り言が口をついて出てしまう。

心身共に疲れた時こそ甘い物を食べたかったが、こんな時間ではパン屋もやっていないだろう。

そう思いつつも、なぜか足は勝手にいつもの路地へと向いてしまっていた。細い道を進んで行くと、見慣れた古ビルが姿を現す。

「明かりが点いてる」

とっくに閉店していると思っていたのに、意外なことに店舗には明かりが灯っていた。

悠は一直線に店まで歩み寄り、ドアを押し開けた。古びたドアは開閉するたびに微《かす》かに音を立てる。それで気付いたようで、厨房から弘毅が顔を覗かせた。

「こんばんは」

こんなに遅い時間に訪れたのは初めてだった。弘毅も驚いた顔をしている。

「まだやってるかな？」

「……ええ」

そう答えが返ってきたものの、棚には商品がほとんど載っていなかった。あるのは日持ちするラスクやクッキーなどで、パンは一つもない。

珍しく完売したのか、と思っていると、悠の視線でパンがないことに気付いたらしい弘毅が、のっそりと厨房から出てきた。

「今日の分のパンはもう下げたんです」

店を開けているうちからどうして……、と考え、はたと気付く。店に明かりが灯っていたので確認せずに入ってしまったが、やはり閉店していたのではないだろうか。

よくよく見ると、電気が点いているのは奥の厨房だけで、店舗部分は明かりが落とされていて暗い。きっと明日の仕込みをしていたのだ。

「す、すまない。明かりが見えたから、てっきりまだやってるのかと……」

悠がトレイを置こうとすると、弘毅が珍しく慌てた様子で声をかけてきた。

「いえ、大丈夫です。下げただけで、いっぱい余ってるから。今持ってきます」

弘毅は一旦厨房に引っ込むと、たくさんのパンが入ったバスケットを抱えて戻ってきた。申しわけなく思いながらも、弘毅のパンが食べたい悠は、遠慮がちにバスケットの中を覗き込む。

「もう売り物にはならないので、好きなだけ持って帰ってください」

「ちゃんと代金を払うよ」

「いえ、焼いてから時間が経ってるので味が落ちてます。そんな状態のパンを売ることは出来ません」

弘毅の言葉に、彼との初対面の時の会話が思い浮かんだ。

あの日、彼は「今日はあなたに売るパンはありません」と言った。悠はその言葉を額面通りに受け取って腹を立てたが、もしかしたらあの時も今と同じく、味の落ちたパンを売ることは出来ないという意味だったのではないだろうか。いや、この男のことだから絶対そうに違いない。

真相に気付いたことで、これまでずっと胸の中にあったわだかまりが少し解けた気がした。

「君の焼いたパンはどれも美味しい。だからそれに見合った対価を支払わせてほしいんだ」

いくら余り物でも、オマケしてもらってばかりでは心苦しい。

悠は明日の朝食用にハムロールとコーンマヨをトレイに載せる。そしていつものようにデザートパンにも手を伸ばしかけ、あることに思いいたり動きを止めた。

いつもは要二相手だったからデザートパンを買えたが、今接客をしてくれているのは弘毅だ。悠が甘いパンを手にした時、彼がどういう反応をするかわからないから、いつものように気軽に手に取れない。

するとと悠が躊躇っている間に、弘毅にトレイを取り上げられてしまった。彼はそのままレジに行きトレイに載ったパンを紙袋に入れ、さらに悠が狙っていたデザートパンをはじめ、他にも何個か惣菜パンを入れてくれる。そうしてパンパンに膨らんだ紙袋をいつもの仏頂面で胸元に押しつけてきた。

「お代はけっこうです」

「そんなわけにはいかない。少しでいいから受け取ってくれ」

いくらなんでも貰い過ぎだ。悠は財布を取り出したが、弘毅は頑《かたく》なに代金を受け取ろうとはしなかった。

薄暗い店内で押し問答をしていたその時。

グゥーと腹の音が二人の間で鳴り響いた。

一瞬自分の腹の音かと思ったが、ふと見上げると弘毅がやや気まずそうな顔をしている。そうこうしているうちに、再び腹の虫が鳴いた。弘毅の耳がほんのり赤くなる。

悠は笑うことも出来ず、かといって何も言わないのも気まずくて口を開く。

「夕飯まだ食べてないのか？」

男がコクリと頷く。

「僕もこれからなんだ。さっきそこで弁当を買ってきて。一人暮らしなのにろくに自炊もしなくて……」

ペラペラといつになく饒舌《じょうぜつ》になっていた。

どうしてだろうと考え、要二抜きで二人きりになることが初めてだからだと気が付く。口数の少ない男が相手だから、自分が何か話していないと沈黙が続いてしまう。それを嫌って多弁になってしまったが、きっとこんな話、弘毅にはどうでもいいことだろう。

「……オレも同じようなものです」

返答を期待していなかったので、短いながらも答えがあったことにびっくりした。

「君はちゃんと料理をするだろ？　こんなに美味しいパンを作ってるんだから」

「オレはパンしか作れないんです」

「じゃあいつも食事はどうしてるんだ？」

弘毅が店の二階に一人で住んでいることは、要二から聞いて知っていた。なんとはなしに口にした問いだったが、弘毅の答えは予想だにしていないものだった。

「パンを食べてます」

「パン屋さんだからな」

「いえ、売れ残りを始末しなくてはならなくて」

てっきり好きだからパンを食べているのかと思ったが、それだけではないらしい。

悠はなんと返したものかと言葉を探す。その時、手に提げている弁当の入った袋がカサリと音を立てた。

「これを貰ってくれ」

胸元に弁当を押しつけると、弘毅が虚を突かれたようにゆっくりと瞬きした。

思わず取った行動だったが、今さら引っ込みがつかない。

「いつもパンを貰ってばかりだから」

弘毅は押しつけられた弁当をジッと見つめている。悠は変な空気にいたたまれなくなり「それじゃあ」と言って店を出ようとした。

「雨……」

ドアに手をかけたところで弘毅がポツリと呟いた。

その言葉に外を見ると、いつの間にか細かい雨が降り出している。そういえば朝の天気予報で、今夜は雨になるかもしれないとアナウンサーが言っていたことを思い出す。今日はそんなに遅くならずに帰る予定だったから、傘なんて持ってきていない。

悠はどうしようか迷ったが、雨がいつ止むかもわからないのに店に居続けるわけにもいかず、濡《ぬ》れることを覚悟して外へ出ようとした。

「平岡さん」

背後から弘毅の声がかかる。悠が振り返ると、彼は言葉を探すように一拍置いてから先を続けた。

「うちで雨宿りをしていきませんか」

突然の申し出に驚いて弘毅を見つめる。

「一緒に夕飯を食べましょう」

正直、要二と話している時と違い、弘毅とは一緒にいても間が持たない。日頃の彼の態度からも、自分はあまり歓迎されていないと思っていた。

悠は断ろうと口を開く。けれどそこで以前要二が弘毅のことを「見た目は怖いけど中身は優しい」と言っていたことを思い出した。

——どんな男なんだろう。本当の彼は。

無口な男はどこか謎めいたところがある。知れば何か変わるだろうか。

この店のパンはとても気に入っている。本当は毎日でも来たいくらいだったのだが、弘毅の態度が引っかかって週に三回で我慢していた。

もし要二の言葉が正しいとしたら、これからは遠慮なく店に行くことが出来るのではないだろうか。

悠はどうしようか迷ったものの、結局は頷いていた。

「せっかくだから、寄らせてもらおうかな」

弘毅は悠の言葉にホッとした顔をする。

「すぐに片付けを済ませるから、先に上がっていてください」

弘毅に促され厨房に通される。初めて入ったスペースは、弘毅の実直さが窺える、質素だが整理されて使いやすそうな空間だった。

パンなど焼いたことのない悠は見たこともない調理器具が整然と並ぶ厨房を抜け、ドアで仕切られた住居部分へと繋《つな》がる階段を弘毅に示された。

「階段を上がってすぐ右の部屋で待っていてください。オレも片付けたら行きます」

初めて訪れる部屋で一人先に待っているというのも気が引けるが、ここにいても邪魔になるだけだろうと階段を上がる。上りきるとまた一つ扉が現れ、二世帯住宅のような造りになっていた。

悠は靴を脱ぐと、弘毅に言われた通りに一番手前のドアを開ける。室内は予想よりも広く、十二畳はあろうかというリビング兼キッチンとなっていた。悠は「お邪魔します」と誰もいない室内に一声かけて足を踏み入れる。

部屋の中は男の一人暮らしのわりに綺麗《きれい》だった。

テレビの前にローテーブルが置かれ、三人掛けのソファがある。キッチンは対面式で、カウンターテーブルの前に丸イスが二脚置かれていた。その他に家具といったら料理関係の本で埋め尽くされた壁一面の本棚くらいだ。

「意外だな」

弘毅の外見から、部屋はモノトーンでまとめているかと思っていたが、木製の家具で統一された落ち着ける空間になっている。窓際には悠の背丈よりやや低い観葉植物まで置いてあった。

仕事柄、色んなタイプの部屋を見てきたから、服装や持ち物でその人がどのようなインテリアを好むかもある程度は推測出来る。弘毅の場合は店の内装を見ていたので、自室も同じような雰囲気だと思っていたのだ。

悠は興味津々でしばらく室内を見て回っていたが、家主のいない隙にあまり動き回るのもどうかと思い直し、大人しくソファに座って待つことにする。

それから十分ほど経った頃、階段を上る足音が聞こえてきた。ガチャリとドアが開き、コックコートを着たままの弘毅が姿を現す。

「遠慮なく上がらせてもらってるよ」

悠の言葉に弘毅は軽く頷き、真っ直ぐキッチンへ向かう。彼はケトルを火にかけ湯を沸かし始めた。

「飲み物は？」

「なんでも」

気を遣わせないためにそう言ったのだが、弘毅が眉間に皺を刻み、悠は慌てて「出来たら紅茶がいい」と言い添えた。

頷いて紅茶のパックを戸棚から取り出す弘毅を見て、まさかこの家に紅茶があるとは思わず、悠はつい口に出していた。

「紅茶も飲むのか」

カップを用意していた弘毅が手を止め、訝しげな視線を送ってきた。

「なんとなく、コーヒー派かなと思ってたから」

「コーヒーも飲むけど、紅茶も飲みます」

「そう……」

弘毅とではやはり会話が弾《はず》まない。表情を動かさず淡々と話されるからだろうか。いつも一言二言で会話が途切れてしまう。

悠はなんとなく居心地の悪さを感じながら、弘毅が紅茶を淹《い》れて戻ってくるのを待った。

「どうぞ」

「ああ、ありがとう」

間が持たなくて、ローテーブルに置かれたカップの中に砂糖を三杯入れるとすぐさま口をつける。

弘毅はどこに座ろうか一瞬考えたようだが、他に座る場所もないので悠の隣に距離を置いて腰を下ろした。

ただ紅茶を飲んでいるだけなのに視線を感じ、隣を向くとさり気なく視線を逸らされた。

「食べましょう」

弘毅がガサガサとレジ袋から弁当を取り出し、蓋を開けた。割り箸を手にすると「いただきます」と言ってからおかずの生姜《しょうが》焼きを口に運ぶ。弘毅は一口食べると、なぜか弁当の中を確認した。

何かおかしな物でも入っていただろうかと、悠も隣から覗き込む。

「……美味いです」

そのしみじみとした口調に悠は首を傾《かし》げた。弘毅が食べているのは、その辺のコンビニで売っている生姜焼き弁当で、そんなに感動するような代物でもない。

すると悠の疑問に答えるように、弘毅が独り言のように呟いた。

「最近はずっとパンばかり食べていたから、米を食べるのは久しぶりです」

言い終わるなり猛然と箸を動かし始める。その圧巻の食べっぷりに驚きつつも、弘毅の食生活がやや心配になってきた。パンを咀嚼《そしゃく》しながら悠が隣の弘毅の様子を窺っていると、彼はものの五分もしないうちに弁当を綺麗に平らげ、満足そうに紅茶を口に運んだ。食事が終わったのを見計らい、悠はそれとなく聞いてみた。

「普段どんな食生活をしているんだ？」

「パンを食べてます」

先ほどと同じ答えが返ってくる。

「三食全部？　他に何も食べてないってこと？」

まさかそんなことはないだろう、と思いつつ質問した。しかし弘毅はこともなげに肯定する。

「はい」

その返事に悠は驚きを隠せず、まじまじと弘毅を見つめてしまう。

パンが多いだろうと思っていたが、それ以外食べていないだなんて考えてもいなかった。

弘毅は悠より体格がいい。この身体を維持するためには、もっと栄養のある物も食べないとまずいのではないだろうか。

「本当に久しぶりに米を食べました。ごちそうさまです」

弘毅は白いコックコートを着たままで、店にいる時と格好は何一つ変わっていない。いつも見ている男と同一人物だというのに、この時の弘毅は普段の緊張感が薄れ、幾分柔らかい表情をしていた。険しさが消えると、大人びて見えた男の顔は年相応に見える。飾らない言葉にも好感が持てた。

そんな彼を目の当たりにし、悠は少し申しわけない気持ちになっていく。

自分も見た目のせいで人に勝手な印象を持たれ、窮屈な思いをしている。同じような経験をしてきたくせに、弘毅に対して勝手なイメージを持って接してしまっていたのだ。

悠は紅茶を飲む弘毅の横顔を見つめる。今までは上を向かなければ顔が見えなかったので気が付かなかったが、改めて見ると人目を引くほど整った顔立ちをしていた。

高く通った鼻筋に、薄い唇。最初は怖いと感じた眼差《まなざ》しも、こうして同じ高さで見つめると鋭さが薄れ、彼の男らしい容貌を引き立たせていた。

口数の少ない弘毅と二人きりの時間は、まだ少し居心地の悪さを感じる。けれど嫌だとは思わない。それどころか、なぜかこの男を放っておけないような不思議な気持ちがわいてくる。

目の前にいるのは四つ年下の自分と同じ男だ。この若さで手に職をつけ自分の店を持っているのだから、見た目通りしっかりした性格なのだろう。そうとわかっているのに、妙に気になって仕方ないのは、要二から彼が繊細で不器用なところがあると聞いたからだろうか。失礼ながら、あまり店が繁盛していないように見えるからだろうか。

色々考えてみるが、どれも理由としてはしっくりこない。

「……どうかしましたか」

いつの間にか食い入るように見つめてしまっていたようだ。

不躾《ぶしつけ》な視線に気付いた弘毅が怪訝《けげん》そうな顔をする。

目が合った途端、なぜか動揺してしまい、弘毅の作ったデザートパンを慌てて口に押し込んだ。

「あ……」

うっかり食べてしまった。弘毅の前では食べづらいから、家に持って帰って食べようと思っていたのに。悠はパンを急いで袋に戻そうとしたが、弘毅に見つかり、不思議そうに尋ねられた。

「食べないんですか？　甘い物好きなんでしょう？」

「な、なんで知ってるんだっ？」

弘毅はいつも厨房に籠もっていたから、何も気付いていないと思っていた。

うろたえる悠に、弘毅が落ち着いた声音で説明してくれた。

「デザートパンを置いてある棚が厨房からよく見えるんです。いつもデザートパンを買っていきますよね」

――知られていた。

自分が大の甘党だということを。

きっと自分のような男が甘党だなんておかしいと思っただろう。

「……やっぱりおかしいよな、男が甘い物が好きだなんて」

悠が苦笑しながら自嘲気味にそう呟くと、弘毅が驚いたように目を大きく見開いた。悠は彼が何か言う前に早口でまくし立てる。

「いいんだ、わかってる。会社の人間にも、ケーキよりブラックコーヒーの方が似合ってるって言われたから」

言っていて悲しくなってくる。人にどう思われようと自分の嗜好《しこう》を貫き通せばいいのに、人目を気にして周りの言葉に合わせようと必死になっている自分が情けない。

悠はこの話題をこれ以上続けたくなくて、目についた惣菜パンに適当に手を伸ばす。しかし弘毅は真剣な顔で続けた。

「おかしくなんてないです。もっと堂々としてください。オレの作ったパンを喜んで食べてもらえて、とても励みになってるんです。おかげでデザートパンにも力を入れるようになりました」

普段無口な弘毅に言いつのられ一瞬たじろぐ。確かに最近デザートパンの種類が増えたなと感じていたが、まさか自分が関係しているとは思わなかった。

驚いて顔を上げると彼に真っ直ぐな瞳を向けられる。その眼差しには嘘がない気がした。

「……僕が甘いデザートパンを食べていても変じゃないかな？」

おずおずと確認すると、弘毅は力強く頷き返してくれた。

悠はなんだか嬉《うれ》しくなった。

今までチョコを一粒買うのにも勇気がいった。周りから変に思われるんじゃないかと気にしてばか

りだったが、弘毅に知られて尚且つおかしくないと言ってもらえて、一人で悩んでいた分、少し心が楽になった。

悠がさっそく袋にしまったデザートパンを取り出すと、その様子を見て弘毅がさらにこんなことを言い出した。

「……もしよかったら、これからはデザートパンの感想を直接聞かせてもらえませんか？」

「感想？」

思ってもいない言葉に、悠は手の中のデザートパンを見下ろした。

こんがり焼いたパイ生地の上にカスタードクリームをたっぷり載せ、真ん中にブルーベリージャムをトッピングしたブルーベリーパイ。生クリームも美味いが、このバニラビーンズ入りの自家製カスタードクリームも絶品だ。パイ生地も文句なしに美味い。

「僕に感想を求めなくても、どのデザートパンも美味しいと思うよ」

悠が思ったままを口にすると、弘毅が言いづらそうに打ち明けた。

「……実はオレ、甘い物が苦手なんです。だから自分の作るデザートパンの味にいまいち自信が持てなくて……。だから平岡さんにアドバイスをもらえると助かります」

これまで甘党ということで悩んできた。隠すことばかりに神経を使って、これが何かの役に立つだなんて考えもしなかった。

「平岡さん？」

悠は食べかけのブルーベリーパイを一口囓る。そして味を確かめるようにゆっくりと咀嚼し、決心して頷いた。

「あまり参考になるようなアドバイスは出来ないかもしれないけど、それでよかったら感想を伝えるよ」

その言葉に弘毅の表情がフッと柔らかくなる。

「まだあるから持ってきます」

そう言うなり弘毅がソファから腰を浮かせたが、腹いっぱいの悠は彼の腕を取って引き止めた。咄嗟にとった行動だったが、初めて触れた弘毅の腕の逞しさにドキリとする。同じ男だというのに、自分よりも硬くしっかりとした筋肉がついているのが衣服越しでもわかった。途端に弘毅の存在を意識して、なぜかどぎまぎしてしまう。

「き、今日はもう十分だから」

摑《つか》んだままの腕から慌てて手を離し、気まずさを誤魔化すために視線をパンに落とすと、突然横から手が伸びてきて頰に触れられた。

「ひ、弘毅くん？」

びっくりして声が裏返ってしまった。

「……クリームがついていたので」

「そ、そう」

――顔が熱い。

悠は身体を引くと弘毅に拭われた頬をゴシゴシと擦《こす》る。いい歳をして子供にするようなことをされたのが気恥ずかしい。恥ずかしくて、胸がムズムズする。

悠は赤くなった顔を見られたくなくてそっと俯いた。

幸い弘毅は何も言わずにソファに座り直すと、冷めかけた紅茶に口をつける。彼が何事もなかったかのように振る舞うから、悠も同じくパイをモソモソと囓った。

――今日はとても疲れた一日だった。

仕事も忙しかったし、おまけに帰ろうとしたら雨にも降られてしまった。

だが、そんな一日の終わりに、大好きなデザートパンを食べられた。それも弘毅の自宅で。誰かの前で甘い物を食べたのなんて何年ぶりだろう。

弘毅は悠がブラックコーヒーより砂糖をたっぷり入れた紅茶を好んでも、こうして甘いパイを食べても、イメージが違うと笑ったりがっかりしたりしなかった。黙って隣に座っているだけ。

悠が黙ると室内はシンと静まり返る。窓の外の雨音さえ聞こえてきそうだった。

残りのブルーベリーパイをゆっくりと咀嚼すると、口の中にカスタードの甘さとブルーベリーの甘酸っぱさが広がっていく。

悠は今この時をとても贅沢《ぜいたく》な時間だと思った。

あの雨の夜以降、悠は自分から積極的に弘毅に話しかけるようになった。

といっても話題はもっぱらデザートパンについてで、それも特別パンについて勉強したわけではないため「この間のパンも美味しかった」くらいのことしか言えない。それに対して弘毅は「いつもありがとうございます」と短く返すだけ。

けれどそんなことを二週間ほど続けていたら、弘毅からも「遅くまで仕事お疲れ様です」や「そろそろ暑くなってきましたね」などの、ちょっとした日常会話が出るようになった。けれど元々無口な男らしく、その先の会話が続かない。そして彼なりに色々と考えたのだろう。いつしかパンを必ずオマケしてくれるようになったのだ。

悠も最初は遠慮していたが、「余り物だから」と言われて、それなら……と受け取ると弘毅がほんのわずか笑みのような安堵《あんど》した表情を浮かべる。その顔が見たくて、悠は素直にオマケを貰うようになった。

「平岡さん、いらっしゃい。お疲れ様です」

「要二くんもお疲れ様」

今日も仕事帰りにパン屋へ立ち寄る。もう帰りにこの店を訪れるのが日課になっていた。

通勤鞄を小脇に抱え直し、トレイとトングを持つと、悠は棚に陳列されたパンを物色し始める。ウキウキしながら端からパンを確認していき、ふとあることに気が付いた。

「ん？」

——また新作のパンだ。

ここのところ、週二回のペースで新しいパンが並ぶようになっている。

悠がさっそく新作の和風パスタサンドに手を伸ばすと、レジを離れ傍《そば》に来た要二に手元を覗き込まれた。

「さっそくお買い上げありがとうございます。オレも今日試食したんですけど、シソの風味がほんのり効いたさっぱり味のパスタで、とても美味いですよ」

要二のグルメレポーターのような口ぶりがおかしく、クスリと笑みが浮かぶ。

「最近、弘毅くんは新作の開発を頑張ってるみたいだね」

なんの気なしに口にした言葉だったが、要二が珍しく表情を曇らせた。何かまずいことを言ってしまっただろうか。

「暑くなってきましたからね。もうすぐ七月になるし……」

「暑いと何かあるの？」

要二はチラリと厨房の様子を窺う。釣られて悠も奥にいる弘毅に視線を送るが、作業に没頭中でこちらには注意を向けていない。

要二は悠の耳元に口を寄せ、小声で説明してくれた。

「暑くなるとパンが売れなくなるんです。平岡さんもお気付きだと思いますが、うちの店、そんなに繁盛していないでしょう？　これ以上売り上げが落ちたら、さすがにきついみたいで、弘兄も悩んでるんです」

「それで少しでもお客さんを増やそうと、新作を考えているんだね」

要二は「その通りです」と大きく頷き返す。

悠は改めて陳列されているパンに視線を落とす。棚にはいつも通りたくさんのパンが並んでいる。

店の閉店時間は九時と遅く、仕事帰りに立ち寄れるため悠はありがたく思っていた。

そして現在の時刻は夜七時。

閉店まで二時間あるが、これから劇的に客足が伸びることはないだろう。ということは、ここに並んでいる大量のパンは……。

悠の脳裏にこの間の弘毅との会話が浮かぶ。

彼は私生活でパンしか食べていないと言っていた。やはり売り上げが伸びず経営が苦しいのだろう。このままの状態が続くとゆくゆくは店を畳むことになってしまうかもしれない……。

――それは嫌だ。

せっかくいいパン屋とめぐり合えたのに。

この店のおかげで甘い物を心置きなく食べられるようになった。失《な》くしたくはない。

しかしこの店のために自分が出来ることといったら、これまで通り足しげく通って売り上げに貢献することくらいしか思いつかなかった。同僚にすすめようにも、この店は会社から電車で三十分かかる商店街の裏側にある。気軽に買いに来られる距離ではない。

弘毅の作るパンはどれも美味い。デザートパンは元より、惣菜パンも美味い。確かに他のパン屋にないような目新しいパンは置いていないが、弘毅の作るパンはどれも手間をかけて作られており、値段もリーズナブルだ。

店が商店街から外れた場所にあることが不利になっているのだろうが、一度口にしたらまた食べたいと思う人は少なくないだろう。

弘毅のパンは十分魅力があるのに、まず食べてもらえないという現状が残念でならなかった。

悠は他人《ひと》事ながらも複雑な心境になり、棚の端に置かれているラスクが入った袋を二つ手に取る。

「あれ、珍しいですね。ラスクですか」

「……会社の人にたまには差し入れしようかと思ってね」

たかがラスクを二つ買ったところで焼け石に水だろうが、何かせずにはいられなかった。

トレイを抱えレジに向かう。

要二が慣れた手つきで商品を紙袋に入れていく。悠はそっと厨房に視線を向けた。

いつもならレジを待っている間、悠に気付いた弘毅と必ず短いあいさつを交わす。それが日課だった。しかし今日は悠が来ていることにも気付かないのか、弘毅は黙々と手を動かし続けている。顔を上げようともしない。

それだけのことだったが、いつもと違うからだろうか、自分でも驚くほど違和感を覚えた。

要二に見送られ、店を後にする。最後まで弘毅はこちらに視線を向けなかった。

悠はドアをくぐり外に出て、数歩行ったところで無意識に店を振り返ってしまった。

明るい光が灯された店内。いつもと何も変わらない。でも寂しいと感じてしまう。この店がもしなくなったら、こうして仕事帰りにこの路地を通ることもなくなり、要二や弘毅と会うこともなくなってしまうだろう。

考えているとどんどん気持ちが暗く沈んでいきそうで、悠はパンの入った紙袋を抱え直すと自宅に向かって歩き始めた。


「今日も残業かぁ」

向かいの席から重いため息が聞こえてきて、悠は中山に視線を向ける。

「何か用事でもあるのか？」

今日は金曜日。

いつも勤勉な女子社員たちも、週末ばかりは早々に仕事を終わらせ帰り支度を始めている。

そんな彼女たちを羨ましそうに見送りながら、中山は拗《す》ねたように唇を尖らせた。

「別に何も予定はないですけど……」

中山に現在恋人がいないということはなんとなくわかっていた。だが友人と約束でもあるのかと思って聞いたのだが、思いのほか中山の男としてのプライドを傷つけてしまったらしい。

「そういう平岡さんはどうなんですか？　最近ずっと週末も残業でしょう。彼女怒りませんか」

言われて気付いたが、以前の恋人と別れて半年以上経っている。女性に興味がないわけではないが、ちょうど別れた頃に仕事が忙しくなり、その後も積極的に作ろうと行動していない。今は仕事で手一杯だし、休日もパン屋を訪れ弘毅や要二と雑談を交わしているからか、プライベートも充実していると感じているので、しばらく独り身でもいいかと思っていた。

「今付き合ってる人はいないからね」

自分も同じく寂しい独り者だと言ったのだが、中山はとても驚いた顔で見つめ返してきた。

「彼女いないいんですか？」

「ああ」

事実を言ったのに、中山は疑わしそうに探るような視線を向けてくる。

「………嘘だ」

「嘘じゃない」

「だって最近、昼飯外で食べてるじゃないですか。彼女に弁当作ってもらってるんでしょ？」

「前にも言っただろ、パンを買ってきてるんだ」

中山はますます疑わしい目つきになる。

「そう言っても、本当は彼女がいるんでしょ？　皆噂《うわさ》してますよ」

隠さなくてもいいじゃないですか、と中山は続ける。

でもそれは全くの誤解だ。

自分の知らないところでそんな噂を立てられているとは、思ってもみなかった。

「平岡さん、女子社員の人気が高いから、相手は誰だろうって皆気になってるんですよ」

「勘違いするな、本当に彼女なんていない。くだらない雑談はこのくらいにして仕事をしないと。

……その後何かいい案は浮かんだか？」

「うっ……」

悠が仕事の話を振った途端に中山が言葉に詰まる。

それもそうだろう。中山の企画書はまだ仕上がっていない。しかし期日は確実に迫ってきている。

中山なりにここ数日色々と考えているものの、いいアイデアが浮かばないようだった。

悠がどうしたものかと考えていると、中山が珍しく沈んだ口調で話し始める。

「平岡さん、オレ、よくわからなくなってきちゃったんです。この仕事が好きだって思ってたのに、今は仕事のことを考えると辛《つら》くなってきて……」

「……そうなのか」

いつもは底抜けに明るい後輩が、ここまで落ち込んでいるところを見るのは初めてだった。

先輩として何かアドバイスをしなくては、と思うのに、こういう時に限って上手く口が回らない。考えをめぐらせていると、中山はさらに「オレこの仕事が好きだけど、向いてないんですかね」と自嘲気味に笑いながら呟く。

悠は中山のことを考えてあえて口出しをしないようにしてきたが、初めての担当ということもあり、予想以上にプレッシャーを感じていたようだ。

中山は調子がいいところがあるが、悠にとって大切な後輩だ。インテリアコーディネーターとして自分にはないセンスを持っているとも思う。ここでやる気を失わせるわけにはいかない。どうにかして励まさないと……。

その時あることを思い出し、悠はデスクの引き出しを開けた。

「中山、これを食べろ」

「なんですか」

昨日購入したラスクを袋ごと中山に渡してやる。

「疲れている時は甘い物がいいんだ。食べてみろ」

「……いただきます」

中山は遠慮することなくそれを受け取る。さっそく封を切り、袋の中のシュガーバターラスクを一枚取り出すと、豪快に齧りついた。

「うわ、これ美味いですね」

「そうだろ」

中山は一口食べて驚いたように目を見開いた。

「どこかの有名店のラスクですか？」

「いや、家の近くのパン屋だよ」

「すごい美味しいですよ。これ全部食べてもいいんですか？」

「ああ」

中山の意識は完全にラスクに移っているようで、先ほどの暗い表情は消えていた。単純な男でよかったと悠はホッと緊張を解いた。

中山はよほど腹が減っていたのか、「美味い美味い」と言いながら十枚近くあったラスクの半分を一気に食べてしまう。

後輩の素直な感想を聞いて、悠はまるで自分が褒められたような気持ちになった。やはり自分だけが特別に美味いと感じているわけではないらしい。

それと共にあの店の経営状態のことが頭を過ぎる。

突然口を閉ざし考え込む悠に気付き、中山が不思議そうな顔をした。

「どうしました？」

「いや、ちょっと……」

悠は言葉を濁す。

フロアには自分たちの他には誰もいなくなっていた。

「食べ終わったら仕事をしろよ」

やや元気を取り戻した中山にそう告げ、悠も自分の仕事に取りかかった。中山ももう一枚だけラスクを食べ、パソコンに向き直る。

しばらし仕事に没頭していると、中山がパソコンの画面から顔を上げずにポツリと呟いた。

「……ありがとうございます。もうちょっと頑張ってみます」

それだけ言うと、中山は照れ隠しのように「仕事しないと」と言って仕事を再開した。

悠はまさか礼を言われるなんて考えてもおらず、ふい打ちをくらい目を瞬《また》かせる。

自分はたいしたことをしていない。肝心な時に励ましの言葉も思いつかなかった。

中山の沈んだ気持ちを救ったのは、あのラスク。弘毅の作ったラスクだ。

中山は、好きな仕事なのに辛いと言っていた。悠も昔そう思ったことがある。仕事を続けていけば、自分の思い通りにならないことも多々あるのが現実。それは大多数の人間が一度は痛感することだろう。

そして今、きっと弘毅もそのことで悩んでいる。でも好きな仕事を続けるために、自分に考えつく限りの努力をしているのだ。

そんな弘毅の想いが詰まったパンが、今日のように食べた人に元気を与えることもある。

——失くしたくない。

彼の作るパンにはこれまで励まされてきた。今度は自分が彼のために何かしてあげたい。

——でも、どうしたら……。

その時ある考えが頭を過ぎった。

「中山、悪いがあの企画書を見せてもらえないか？」

「今見せたばかりじゃないですか」

「違う。直しをする前のものだ」

「いいですけど……」

中山が怪訝そうにしながらも、デスクの引き出しからボツになった企画書を取り出す。

悠は礼を言ってそれを受け取りページを捲る。

——やっぱり。

それはほんの思いつきだった。けれど中山の企画書を見たことで、頭の中に具体的な構想がどんどん浮かんでくる。

悠は食い入るように企画書を見つめた。

「平岡さん？　どうしたんですか？」

事情を知らない中山はわけがわからず困惑している。

悠はそんな中山を見つめ、こう提案した。

「中山、僕に手を貸してくれないか？」

「平岡さんを手伝うんですか？」

「ああ。そしたら美味しいパンを、腹いっぱい食べさせてやる」

食い意地の張った中山は瞳を輝かせる。

「手伝います！」

中山の協力も得られた。

後はこの案を本人に伝えて了承を貰うだけだ。

この計画が上手くいくかどうかはわからないが、ためす価値はあるだろう。

考えなくてはならないことはたくさんある。でも今は早くこのことを彼に伝えたくて仕方なかった。


悠は手早く業務を終わらせると、閉店時間ギリギリに弘毅の店に駆け込んだ。

店には要二の姿はなく、ドアを開けると弘毅が厨房から顔を出した。

「お疲れ様です」

「弘毅くん、ちょっと話を聞いてもらえないかな」

「話？」

悠ははやる気持ちを抑えきれず、開口一番にそう告げた。

「そう。ちょっと長くなりそうなんだけど……」

弘毅はやや考えた後、あの晩のように、上で待っていてください、と言ってきた。悠は遠慮なく二階で弘毅が閉店作業を終えるのを待たせてもらうことにした。

家主のいないリビングに上がり、電気を点ける。あの時と何も変わらない室内が照らし出された。

悠はズカズカと上がり込むとテーブルの上に中山から借りた企画書を置く。弘毅を待つ間、もう一度じっくり内容を確認した。

中山が提案したのは、木の温《ぬく》もりを感じる柔らかい空間。家具はどれも木製の物をチョイスし、家族がリラックス出来る家を目指している。

そしてもう一つ。中山はコスト面にも着目していた。

モデルルームで使用する家具はレンタルが多い。自社で契約している家具屋があり、そこから内覧会の期間中安価で借りていた。

モデルルームを見に来る人々は、実際の暮らしぶりが想像しやすくなるインテリア関係にも注目する。そのため展示する家具類にも気を配り、上質の物を用意して購買意欲を高めるのだ。

今回売り出す物件はマンションで、ターゲットは住宅購入にある程度の金額を出せる家族層を見込んでいる。他のコーディネーターは購買層を考えて、皆高級な家具を用いていたが、中山は独自で契約外の家具屋を訪れ、自分の提案したコンセプトに見合う家具を揃えようとしていた。だが全体的に低コストの物ばかりで、他の部屋と比べるとどうしても見劣りしてしまう。そういったこともあって、中山の最初の企画書は上からの許可が下りなかったのだろう。

——でも、ターゲットが違えば使える。

たとえばこのパン屋のように。

「お待たせしました」

「お疲れ様」

弘毅はあの晩と同じくコックコートを着ている。そして同じように腰を下ろすことなくキッチンに向かい、湯を沸かし始めた。しばらくして室内に甘い香りが広がる。

「どうぞ」

今日はココアだ。少し前「たまにココアが飲みたくなる」と言ったのを覚えてくれていたのだろうか。こうしたさり気ない気配りが嬉しい。悠は一口ココアを飲むと、さっそく用件を切り出した。

「店を改装することを考えたことはあるか？」

「改装？」

悠はカップをテーブルに置き、慎重に口を開いた。

「……君の作ったパンはとても美味い。でも、まずは食べてもらわないことには始まらない。そのためにも、初めて来店するお客さんが入りやすいような内装にしてみたらどうかな」

「………」

「実は僕も最初にここを見つけた時、看板も何もなくて入るのを少し躊躇したんだ。だからもっと内装にも気を遣ってみたら、と思って……」

悠が話している間、弘毅は黙って聞いていた。いつもと同じ無表情だったが、それが少し怖いと感じる。冷静になって考えれば、自分の言っていることはとても失礼なことなのかもしれない。今の店構えだと客に敬遠されると言っているようなものなのだから。

　悠は彼を怒らせてしまったかとやや不安になる。部外者の自分が口を出していいことではなかったのかもしれない。

「……具体的にはどうしたらいいと思いますか」

　悠が真っ直ぐな視線を受け止められなくなってきた頃、弘毅がようやく口を開いた。自分の話に興味を示している様子がわかり、悠は嬉しくなる。

「この間初めてこの部屋に来た時、店とずいぶん印象が違って驚いたんだ。君は元々こういう自然素材を使った家具が好きなんじゃないかな？」

「そうですね。その方が落ち着くので」

「僕もこの部屋が好きだ。そう思う人は多いと思う。だからこの部屋と同じテイストに店舗を改装したらどうかな」

　弘毅は一度頷き、その後で表情をわずかに曇らせた。言いづらそうに先を続ける。

「でも、大掛かりな改装をするような予算は……」

　悠はニコリと笑う。

　彼がそう言うのも想定内だった。

「それについては大丈夫。出費もなるべく抑えられると思う」

悠が自信満々に言いきると、弘毅が安堵したように緊張を解いた。

「具体的にどう変えるかはこれから相談していこう。君の意見をちゃんと取り入れないと」

「……どうしてですか」

「ん？」

弘毅の言葉が何を指しているのかわからず、悠は首を傾げる。

「どうしてオレのために、ここまでしてくれるんですか」

そう問われてもすぐに答えが見つからない。

「それは……」

弘毅にジッと見つめられて、なぜか鼓動が速くなった。

悠は気持ちを落ち着けるために一旦言葉を切り、再度口を開く。

「僕はこの店が好きなんだ。失くなったら困る。それにパン屋の改装を手がけるのは初めてだから、色々と自分の勉強にもなると思って」

事実を言っているはずなのに、まるで嘘をついた時のような後ろめたい気分になる。理由に心当たりのない悠は、そんなふうに感じることが自分でも不思議だった。

「……そうですか」

悠が自分の気持ちを計りかねていると、弘毅が低く呟いた。その声がどこか寂しさを漂わせているように感じ、悠は視線を向ける。弘毅はその視線から逃れるように、スッと窓の外に目をやった。

何か言いたそうな横顔。

でも彼は決して胸の内を語ろうとはしない。

「よろしくお願いします」

やがて弘毅はそう言って頭を下げた。

——わからない。

寡黙な男の心情は、こうして向かい合っていても悠にはやはりわからなかった。


改装の話をしてからというもの、悠はこれまで以上に店に顔を出すようになった。

今日も仕事帰りに改装の資料を片手に店を訪れる。レジに直行し厨房に声をかけると、弘毅は仕事の手を止め奥から出てきてくれた。

「これを見てくれ。僕なりに内装を考えてみたんだ」

悠は封筒から『改装案』と書かれた紙の束を取り出す。弘毅は一枚一枚しっかりと目を通していくが、口数の少ない男は中々感想を口にしない。もしかして自分に遠慮して言えないんじゃないかと思って付け足した。

「何か気になる点や変更してほしいところがあったら、遠慮せずに言っていいから」

「はい」

しかし弘毅は最後まで読み終えると「これで問題ありません」と言った。

「本当に？　君の店なんだから、ちゃんと考えた方がいい」

「オレはあまりこういったことに詳しくないんです。平岡さんにお任せします」

「でも……」

「平岡さんはうちにずっと通ってきてくれている。だからあなたを信用しているんです」

弘毅が自分をどんなふうに思っているのか、今まで彼自身から聞いたことはない。もしかしてただの客に過ぎないのに踏み込みすぎかと不安になっていたが、思っていた以上に彼は自分のことを信用してくれていた。素直に嬉しいと思う。しかし弘毅があまりにも真っ直ぐ見つめてくるので、それを上手く伝えることが出来ない。

「あの、なんだか取り込み中に申しわけないんですけど、オレにもそれを見せてもらってもいいですか？」

二人が向かい合ったまま沈黙していると、横から要二が控えめに口を挟んできた。すっかり要二のことを忘れていた悠は動揺してしまう。

「へえ、いいじゃないですか」

ワタワタする悠の目の前で、要二が資料に目を通しながら感想を告げてくる。

「少しレトロな感じがして、パン屋さんにぴったりの内装ですね」

ここでほぼ毎日働いている要二にそう言ってもらえて心強い。初めてパン屋を改装するため、少し不安があったのだ。

要二も加えて三人で話をしていると、途中でオーブンが鳴った。

「ちょっと失礼します」

弘毅が一旦厨房に戻っていく。業務用のオーブンを開け大きな鉄板を取り出す姿を眺めながら、こうして見るとパン屋の仕事はけっこう重労働なんだな、と感心する。どうりで腕に筋肉がつくはずだ。

ふと脳裏に、あの雨の夜に触れた彼の腕の感触が思い起こされた。たった数秒間の出来事だというのに、今でもはっきりと手に感触が残っている。

「……さん、平岡さん」

「な、何？」

ぼんやりしていたため要二の呼びかけに気付くのが遅れた。

「ちょっとご相談が……って、顔が赤いですけど、熱でもあるんじゃないですか？」

悠は慌てて要二から顔を逸らし、火照った頬に手を当てる。どうして赤面しているのか自分でもわからない。

「……少し暑さにやられたのかもしれない」

要二が心配そうに顔を覗き込んできたが、これ以上追及されたら返答に困ってしまう。悠は「で、相談って？」と話題を変えた。

「平岡さん、オレから一つお願いしてもいいですか？」

「ん？　何？」

弘毅には聞かれたくないことなのか、要二は厨房の様子を気にしながら小声で話し始める。

「この店の軒下にスペースがあるでしょう？　そこにちょっとした喫茶スペースを作れないかな」

「喫茶スペース？」

「そう。そんな大掛かりな物じゃなくていいんです。テーブルとイスを置いて、この店で買ったパンを食べながら友達とおしゃべりするスペースを作りたいんです」

それはいい提案だ。軒下はそれほど広くないので、せいぜいテーブル一つとイスが三脚ほどしか置けないだろうが、あるのとないのとでは全く違ってくる。

「屋外でも使えるテーブルセットを追加で発注してみる」

「お願いします。それで、このことは弘兄には内緒にしておいてください。テーブルセットの代金はオレが払います」

「要二くんが？」

「新装開店祝いに、オレから弘兄へプレゼントしようと思って」

そう言うと、要二がどこか懐かしむような目でまだ何も置かれていない店の軒下を見つめる。

「……この店は元々、弘兄の母親がやってたんです。弘兄が生まれてすぐにおじさんが……弘兄の父親が事故で亡くなって、その後おばさんが女手一つで店を切り盛りしながら、弘兄を育てました」

その話は初耳だった。

弘毅のことは若くして自分の店を持つなんて立派だと思っていたが、彼がパン屋になったのは母親の影響が大きかったのかもしれない。

「オレの両親も仕事が忙しくて、子供の頃、学校が終わるとよくこの店に来ていたんです。その頃はお店もお客さんで賑《にぎ》わってて、オレと弘兄はおばさんの手伝いで店のことをやったりして……。オレも弘兄も、この店が大好きだったんです」

その頃悠はこの街に住んでいなかった。当然だが、弘毅の母親が切り盛りしていた当時の店のことは知らない。だが、昔の様子を語る要二の顔を見れば、どんなにいい店だったかわかる。

「でも弘兄が高校を卒業する頃、おばさんが亡くなって……。店主がいなくなったことで、店は閉めざるをえなくなりました。でもその後、弘兄が『パン屋になる』って言ったんです。そして学校に行って卒業後は別の店で修行して、去年この店を再オープンしたんですよ。……本当に嬉しかったです」

その時のことを思い出したのか、要二の瞳が輝きを増す。しかしその先を語り出した時、その顔には苦い笑いが浮かんでいた。

「だけど、そう上手くはいかないですね。場所が悪くて新規のお客さんも滅多に来なくて……」

そんな状態の時に偶然この店を訪れたのが悠だったそうだ。

要二の話を聞き、この店に初めて来た日のことを思い出す。

あの時、要二にやや強引に店の中へと促された。久しぶりの新規の客だったのだろう。彼も必死だったのだ。この店のために、少しでも何かしたかったに違いない。今の自分のように……。

「オレはね、あの頃のようにこの店をお客さんでいっぱいにしたいんです。皆に愛される街のパン屋さんにしたい」

こちらを向いた要二は、もういつもの笑顔を取り戻していた。

「弘兄の作ったパンは最高に美味い。弘兄が無愛想な分、オレが最高の接客をする。後は店の雰囲気だけです。……平岡さん、この店の内装を最高にしてください。お願いします」

彼らの思い出が詰まった店。正直プレッシャーを感じないわけではない。だが、悠も二人と同じ気持ちだ。

——この店を失くさない。

以前より強くそう心に思った。


改装は予定通りに進んでいった。

改装といっても予算があまりなかったため、それほど大掛かりな工事は出来ない。元あった棚を撤去して新しく木製の棚を搬入し、中央のテーブルを丸い物に変えたくらいだ。その他は細々とした物を買い足し、ディスプレーを工夫した。

そして軒下に要二からのプレゼントとしてテーブルセットを置き、入り口の年季が入ったドアを替えて、その横に『石森』と店名の入った看板を立てかけて完成。店の看板は悠からの改装祝いだ。

そうして工事は定休日の一日だけで終わらせることが出来た。

「うわー、見違えた！」

大学が終わってから顔を出した要二は、店の変貌ぶりに感嘆の声を漏《も》らす。

「すごい、全然違うじゃん。なんだか広くなった気がする」

弘毅はあまり感想を言ってくれなかったので、要二の反応を見て悠もようやくホッと息をつく。

「棚を一段にしたんだ？」

「そうなんだ。二段あった方が商品を多く並べられるだろうけど、中の様子が棚で遮られて見づらかったからね。せっかくガラス張りにしてあるんだから、棚を一段にして開放感を出したんだ。でも商品をこれまで通り陳列することも考えて、棚の奥行きは広くしてみた」

「へえ、平岡さんすごい考えてくれたんですね」

「改装してパンを置く場所が減ったんじゃあ、意味がないからね」

当然の配慮に他ならないのに、要二はとても嬉しそうに顔を綻《ほころ》ばせた。

「平岡さんにお願いしてよかった。弘兄もそう思うよな？」

「ああ。平岡さんには感謝してます。ありがとうございました」

「いや、こちらもいい経験をさせてもらったよ」

弘毅は少しも表情を変えずに頭を下げた。だが、淡々とした口調ながらも彼の声音には感謝の気持ちが籠もっている。

「そうだ、弘兄。今日は平岡さんと外でパンを食べないか？」

「そうだな、仕込みをしてあるパンをオーブンに入れてくる」

弘毅はいそいそと厨房に向かう。悠と要二は一足先に軒下に新たに設けられた喫茶スペースに移動した。

「やっぱり喫茶スペースを作って正解でした。こんなに天気のいい日は、焼きたてのパンを外で食べてほしいですから。きっと美味しいパンがもっと美味しくなると思うんです」

要二は自ら選んだイスに腰をかけ、しみじみとした口調で言うと、視線を空へと向けた。悠も釣られてそちらを見れば、梅雨の晴れ間の澄んだ青空が瞳に映る。ここ数日の疲れが飛んでいく気がした。

「これで新装開店の準備は整った。明日のオープンが楽しみだな」

悠は期待を込めてそう言ったのに、要二からは少し弱気な発言が返ってきた。

「……だといいんですけど。平岡さんのおかげですごくいい店になりました。でもせっかく改装しても、ここは商店街から一本奥に入っているから、肝心のお客さんに気付いてもらえない気がして」

「そんなことは……」

ない、と否定しようとして、悠は先の言葉を呑《の》み込んだ。正直、その可能性を否定しきれなかったのだ。

この店は立地的に不利だ。だが存在を知ってもらえれば、必ず集客が見込めると思う。そのためにも何か効果的な宣伝を考える必要があった。

「これからって時なのに、こんな後ろ向きなこと考えてたら駄目ですよね。いざとなったらオレが駅前でチラシ配りでもなんでもすればいいんですから」

要二も同じことを考えていたらしい。

何かしら手を打たないと、せっかく改装してもほとんど意味がなくなってしまうかもしれない。だが具体的な方法が思い浮かばない。

そうして二人の間に微妙な空気が流れ始めた時だった。

「あ、いたいた！　平岡さん！」

どこからか聞き慣れた声が悠を呼んだ。

「平岡さんから貰った地図、ちょっとわかりにくくて迷子になりそうでしたよ」

「中山、どうしたんだ」

仕事帰りなのか、スーツの上着を小脇に抱え子供のようにこちらに向かって走ってきたのは、会社の後輩の中山だった。

「どうしたもこうしたも、平岡さんが『今日新装開店するから』って教えてくれたんじゃないですか。オレ、会社終わってから急いで駆けつけたんですよ」

店を改装するに際し、中山に安くて品質のいい家具屋を紹介してもらった。陰ながら協力してもらったので、中山にも昨日このパン屋までの地図を渡していたのだ。

だが、そそっかしい後輩は大きな間違いを犯している。

「中山……開店は明日からだ」

「へ？　明日？　今日じゃなかったんですか？」

「今日は改装工事をして、明日からオープンだと言っただろ」

「ええっ。じゃあ今日はパン食べられないんですかっ？」

中山の食い意地には呆れてしまう。お前の一番気になっているのはそこか、と言いたいのを要二の手前グッと堪える。するとそれまで傍《かたわ》らで話を聞いていた要二が、突然声を上げて笑い出した。

「ここへどうぞ。平岡さんの会社の方ですよね。うちの店の改装を手伝ってくださったそうで、ありがとうございます。今店主がパンを焼いているので、よかったら一緒に召し上がりませんか？」

「いいんですか！　ラッキー」

「……中山、少しは遠慮しろ」

「だってお店の人が食べていいって言ってるんだから、いいじゃないですか」

ちゃっかりしている中山は、座るなり要二が出してくれた紅茶にさも当たり前の顔で口をつける。

「すまないな、要二くん」

「いいんですよ。中山さんにもお世話になったんですから」

中山の方が四歳年上のはずだが、どうしても要二の方がしっかりしているように見えてしまう。これはきっと年齢云々《うんぬん》ではなく、元々の性格の違いなのだろう。

「お待たせしました」

中山がこれ以上失礼なことをしないように見張っていると、弘毅がトレイにクロワッサンを載せて運んできた。周囲に焼きたてのパンの香ばしい匂いが広がる。

「あれ、男の人だ……」

弘毅を見て中山がポツリと呟いた。

初対面の人に対して開口一番に何を言っているのだろう。

「中山」

咎《とが》めるように視線を送ると、中山は「だって」と不満げに続けた。

「平岡さんが足しげく通ってるって言うから、てっきり女の人がやってるのかと思ったんです」

「どういうことだ？」

何が言いたいのかいまいちわからず、悠は首を傾げる。

「この間、彼女はいないって言ってたけど、まだ付き合ってないだけで、狙ってる女性はいるんだと思ったんです。毎日パン食べてるから、パン屋の女性かなって思って」

「なっ……」

なんてことを言い出すのだ。二人きりの時ならまだしも、よりによって弘毅のいる前で。変な誤解をされたらどうしてくれるのだ。

「僕の人格を疑われるようなこと、言うんじゃないっ」

「確かにオレの早とちりでしたけど、平岡さんだって男じゃないですか。男は誰でも下心を持ってるもんです。好きな人に会うために口実を作ったり、好かれたくて色々と画策《かくさく》したり……。普通のことですよ」

ねぇ、と中山は弘毅に同意を求めた。突然話を振られ、弘毅は持っていたトレイを悠の紅茶のカップに当ててしまった。幸いカップは倒れず、中身が少しテーブルに零れただけですんだ。

「あっ、すみません」

「大丈夫、かかってないから」

いつも冷静な弘毅にしては珍しいミスだ。真面目な男だから、変な話題に動揺したのかもしれない。

弘毅はトレイをテーブルに置き直すと、カップを持ち上げる。

「淹れなおしてきます」

止めるよりも早く弘毅は店内へと戻って行き、少しして悠の分と中山の分の紅茶を淹れて持ってきてくれた。悠はチラリと弘毅を見やるが、いつもと同じ横顔がそこにあるだけだ。先ほどの話を気にしていないようでホッとする。

中山が改めて自己紹介をすると弘毅も状況を理解したようで、嫌な顔をしないで中山にも食べるようすすめてくれた。中山は遠慮せずに真っ先にクロワッサンに手を伸ばし、大口を開けて齧りつく。

「んっ！　マジ美味いです！　焼きたてのパンってこんなに美味いんですね」

「焼きたてだからっていうのもあるけど、この店のパンはどれも美味いんだ」

「へえ、平岡さんがハマるのもわかります。パンをそんなに食べないオレでも、また食べたいって思う味ですもん」

中山の正直な感想に弘毅が安心したように緊張を解いた。要二も口いっぱいに頬張る中山を目を細めて見つめている。

「お店もいい感じに改装したし、明日から大忙しですね」

中山の他意のない言葉に要二が微妙な笑顔を作る。弘毅もやはり不安があるのか、眉間に皺を刻んで黙り込んだ。

その空気を察したのか、中山が悠に視線を向ける。

「オレ、なんか変なこと言いましたか？」

悠が弘毅と要二に目配せすると、代表して要二が何かいい宣伝方法がないか悩んでいることを話した。すると中山は少し考え込み、そして「あっ」と笑顔で顔を上げた。

「皆に無料で配ればいいんですよ！　街でよくティッシュを配ってるでしょう？　それと同じように、駅前に立ってチラシとパンを一緒に袋に入れて配るんです。きっと大繁盛しますよ」

中山は自信満々なようだが、三人共あまりに無茶な提案に何も言えなくなる。

「……中山、それには色々と問題があると思う。コストのことや人手の問題、それに保存方法にも気を配らないと」

悠がわかりやすく問題点を指摘すると、中山はシュンと肩を落とした。

「ようは問題ありすぎて駄目ってことですね」

「あ、でもアイデアの方向性としてはいいと思いますよ。たとえば新装オープン記念に、お客さんにパンをオマケしてみるとか」

あまりにも中山がしょげているので要二がフォローを入れてくる。しかし今度は中山が実にもっともなことを口にした。

「……でもそれもまずは来てもらわないとだから、結局はなんの解決にもなってないじゃん」

「……ですよね」

再び四人の間に沈黙が落ちる。

だが中山のアイデアも要二のアイデアも、確かに方向性としては間違っていないのだ。

一度でも弘毅の作ったパンを食べてもらえれば、確実に客は増える。それだけは自信があった。

——でも肝心のその方法が……。

その時、要二が口にした『オマケ』、『オープン』という単語に引っかかりを覚えた。

——そうだ。

「……うちの会社のモデルルームを見学しに来てくれたお客様に、無料で振る舞うというのはどうだろう」

中山がハッとして顔を上げた。悠は目線で頷く。

「これまでもお客様を呼ぶために、何かしらのイベントを仕掛けたり粗品を渡したりしているよな。それをこの店のデザートパンにするんだ。今中山が手がけているのは高層マンションだろ？　確か広いテラスがあったはずだ。そこにいくつかテーブルセットを置いて、外の景色を眺めながら食べられるように、パンと紅茶をサービスするのはどうかな」

広いテラスで美味しいデザートパンを食べながら優雅なティータイム。きっと女性に受けるはずだ。

「もしそれが通ったら、うちの会社にもこのお店にもメリットがありますね」

「ああ。でもこの案で一番大変になるのは、大量のパンを作らなくてはならない弘毅くんだ」

悠は弘毅に視線を送る。

弘毅は悠の話を聞き終わってもしばし黙ったままだった。

改装を終えて明日から新装オープン。改装したことでもし客が増えたら、モデルルームで提供するパンにまで手が回らないかもしれない。弘毅一人では店頭とモデルルームに卸すパンの両方を作るのは、とても大変だということは容易に想像がついた。

悠が思いつきで発言したことをやや後悔し始めた頃、弘毅がようやく口を開いた。

「……平岡さん手伝ってくれますか？」

「僕？」

弘毅がコクリと頷く。

「提供するパンについて、平岡さんのアドバイスがほしいんです」

「僕で大丈夫かな」

「パンに関して、平岡さん以上にアドバイス出来る人は他にいません」

そこまで自分を信頼してくれるのは正直嬉しい。どこまで弘毅の役に立てるか不安はあったが、この計画を提案した張本人でもあるので悠は腹をくくって了承した。

「わかった。一緒に頑張ろう。かなりの量になると思うけど、大丈夫？」

弘毅の強い眼差しが悠をとらえる。

「はい。オレの作ったパンをたくさんの人に食べてもらいたいんです」

簡潔な言葉の中に、彼の真摯な気持ちが込められていた。

「平岡さん、オレ今から会社に戻ってこの案をまとめてみます」

中山は勢いよく席を立ち、上着と通勤鞄を摑んで走り出す。しかし数メートル行ったところで再び引き返してきて、「パン美味しかったです。ごちそうさまでした」と弘毅にペコリと頭を下げ、踵を返して走り去った。

「元気な人ですね」

要二は慌ただしく走っていく中山の後ろ姿を目で追っている。

「落ち着きがなくて困る時もあるけど、あの行動力には感心するよ」

悠がそう返すと、要二がクスリと笑った。

「弘兄、これから忙しくなるな」

「ああ」

短い返答にふと弘毅を見ると、険しい顔で夕暮れに包まれはじめた空を見上げている。生真面目な男だから、きっとどんなパンを作るか考えているのだろう。不器用だが、その真っ直ぐなところに好感が持てる。

そんな弘毅を見るたびに、悠は自分の中で何かが変わっていくような感覚にとらわれた。

それは小さな小さな変化。表面に浮かび上がることなく、心の奥深くで動かされる何か。

それがなんなのかはわからない。だが悪い変化ではないような気がする。

でも今はそんなことより、弘毅がどんなパンを作るのか、それが楽しみで仕方なかった。


翌日から悠の生活はさらに慌ただしくなった。

会社で自分の仕事プラス中山のサポートを行い、その後、帰宅途中にパン屋を訪れモデルルームで振る舞うパンの製作を手伝う。そのため自宅に辿り着くのが十二時近くになることもしばしばだった。

休日も家でパンのアイデアを練り、弘毅の店が閉店する頃に顔を出して、遅くまで二人でああでもないこうでもないと意見を出し合いながら、試作品作りに没頭する。

そんな生活を続けていると、当然のことながら身体が疲弊《ひへい》してくる。けれど不思議と心は満たされていた。

「それで考えてみたんだけど、あまり厚みのあるパンじゃない方がいいと思う。女性は食べる時に口の周りが汚れるのを気にするだろ？　そういうことを気にせず食べられる物がいいと思うんだ」

「なるほど。それならパンの表面に粉砂糖を振るのも控えた方がいいですね。そうなるとベースの生地は……」

今日も閉店時間に店を訪れ弘毅と厨房に籠もる。そのため閉店作業は要二に任せっきりになってしまっているが、文句一つ言わずにこなしてくれている。この店の存続のため、それぞれが自分に出来ることを頑張っていた。

「弘兄、片付けが終わったからオレはこれで上がらせてもらうな。あんまり根を詰めすぎるなよ」

「ああ。お疲れ」

「平岡さんも無理しないでくださいね」

「気を付けるよ。お疲れ様」

要二は帰り支度をすると最後に店の電気を消し、「お先です」と言って帰っていった。

しばらく二人でそのまま話し合っていたが、小一時間過ぎたところで弘毅が席を立った。

「少し休憩しましょう」

弘毅はケトルを火にかけお湯を沸かし始める。その横顔には疲れが滲《にじ》んでいた。

そこでふと気が付く。そういえばパン屋は朝七時から開店している。弘毅は何も言わないが、夜も連日こうして遅くまで話して、さらに早朝からパンを焼いていては、ほとんど寝ていないのではないだろうか。悠は途端に心配になって弘毅に歩み寄り、彼の手の中にあるマグカップを取り上げた。

「僕が淹れるよ。弘毅くんは座ってて」

強引に弘毅をイスに座らせた。悠は慣れない手つきで茶葉の入ったティーポットにお湯を注ぎ、紅茶を淹れる。

「今日はこのへんで終わりにしようか。明日も朝から仕込みをしないといけないだろうから」

「オレは大丈夫です。体力には自信があるから。もう少しだけ付き合ってもらっていいですか？」

「僕はいいけど、無理はしない方が……」

「無理なんてしてません」

悠が最後まで言い終わる前に、弘毅がいくぶん強い口調でそう言った。先を遮られた悠が弘毅の様子を窺うと、彼はカップに落としていた目線を上げ正面から真っ直ぐ見つめてきた。

「楽しいんです。こうしてあなたと二人でいる時間が。だからもっと一緒にいたいと思ってしまう」

その言葉にドキリと胸が脈打つ。彼の瞳があまりにも真剣だから、一瞬口説かれているのかと錯覚しそうになった。

でもそんなわけはない。

悠も彼と同じことを感じていた。彼と共にデザートパンについて議論を交わす時間が思いのほか楽しくて、いつも時間を忘れて遅くまで居座ってしまっている。自分がそうだから、弘毅も同じように思っていてくれたらいいのにと思っていた。

今の言葉はそういうこと。悠一個人に対してどうこうというわけではない。これが男女だったらまた違ったのかもしれないが、あいにく自分たちは男同士。この先に何かがあるわけはない。

「僕も楽しいよ。今までなんの役にも立たなかった甘い物好きが、初めて役に立ったんだから」

弘毅の言葉に対しそう応える。これが正しい答えのはず。それなのになぜかしっくりこない。悠は胸のざわつきを押し込めようと無理に笑顔を作った。弘毅は神妙な面持ちでジッとこちらを見つめている。深い漆黒の瞳。その眼差しの強さにまだ慣れていないから、心拍数が上昇してしまう。

「もう一杯淹れてくるよ」

悠はいたたまれなくなって、紅茶のおかわりを淹れようと立ち上がる。そして弘毅の横を通り抜けようとした時、丸イスに足を引っかけてバランスを崩してしまった。

「うわっ」

「大丈夫ですか」

あわや転倒してしまうかというところで、背後から弘毅に抱きとめられた。悠が頷くと、前に傾いだ身体をグイッと引き起こされ、体勢を立て直すことが出来た。

「悪いな、ありがとう」

「いえ」

とんだ失態を演じてしまった。恥ずかしさで顔が赤くなる。

もう一人で立てるというのに、弘毅の腕は腹部に回されたままだった。背中は弘毅の胸と密着し、まるで後ろから抱きしめられているかのような体勢に、悠は耳まで熱くなってきた。

「……平岡さん」

静寂の中、ひっそりと名前を呼ばれた。弘毅がしゃべると触れ合った部分から振動が伝わってくる。吐息すら感じられそうな距離で彼の声を聞き、悠はくすぐったさに首をすくめた。

悠が答えないでいると、腹に回された手にわずかに力が籠もるのを感じる。辺りを満たす空気の濃度が先ほどまでと変わった気がした。静か過ぎるからか、自分の心臓の音がいやに大きく聞こえる。

何か言わないと、と悠が言葉を探しているとパッと店舗部分の照明がついた。それと共にこちらに向かってくる足音が聞こえてくる。

「まいっちゃったよ、明日提出のレポート、ロッカーに入れっぱなしでさぁ」

ぼやきながら要二が顔を覗かせた。そしてすぐに不自然なほど密着した二人を発見し、首を傾げる。

「弘兄、平岡さん。いったい何をしてるんですか？」

そこでようやく弘毅が腕の拘束を解いた。

「なんでもない」

短く答え、弘毅はカップを持ってシンクへ向かう。要二の質問の矛先は悠へと移る。

「平岡さん？」

「……転びそうになったところを助けてもらったんだ」

その説明で納得したようだ。「そうですか」と言うと、要二は厨房の奥の更衣室に行きレポートを手に戻ってきた。そして電車の時間を気にしてか、要二はあいさつもそこそこに小走りに店を出ていった。その後ろ姿を見送っていると、目の前に紅茶の入ったカップが差し出される。

「どうぞ」

「……ありがとう」

受け取る時に微かに指が重なる。今しがたの彼の温もりを思い出し、カッと赤面してしまった。対して弘毅はいつも通りのポーカーフェースだ。

「せっかく淹れてもらったのに悪いけど、今日はこれで帰るよ」

悠はカップを置くと広げていた書類をまとめ、帰り支度をする。そのまま弘毅が何か言う前に足早に店を後にした。

後ろを振り向かず、外灯だけが灯された薄暗い夜道をスタスタと歩き、自宅玄関のドアを開けると緊張の糸が切れたかのようにその場にしゃがみ込んだ。

早歩きで帰ってきたからだろうか、鼓動が速くなっている。顔も火照って熱い。

——あのまま二人きりだったらどうなっていただろう。

そう考えて、悠は熱を帯びた頬を手の甲でゴシゴシと擦る。

——どうもこうもない。

自分たちの関係が、今とは別の何かになりようはないのだから。

悠はそう結論付け立ち上がる。

やはり疲れているのだ。だから変なことを考えてしまうのだろう。

悠は寝室に行くと部屋着に着替えベッドに横になった。目を閉じてもなかなか寝付けず、何度も寝返りを打つ。

その晩、悠が眠りについたのは、空が白みはじめた頃だった。


試行錯誤の末、モデルルームでサービスするパンはショコラブレッドに決定した。デザートパンとしてはいささかシンプルだが、生クリームやフルーツを使っていない分、保存方法や提供までの時間にあまり神経質にならなくてもいいという利点が決め手となった。何よりシンプルだからこそ、パン本来の味が引き立つ。

そうして悠や要二の意見を取り入れつつ出来上がったショコラブレッドは、白と黒のマーブル模様が特徴的で、今回はさらに上にチョコレートとナッツをトッピングしてある。悠も試食したが、ふんわりとした食感のパンにショコラがたっぷり練り込まれていて、ほどよい甘さが紅茶によく合う。

ブレッドは小ぶりの食パンのような形をしているので、あらかじめ切り分けて一枚ずつ透明の袋に入れ、ラッピングしたものを配ることになった。

中山にも最終チェックをしてもらい、無事にモデルルームオープンの日を迎えることが出来た。

「平岡さん、平岡さん」

それから一ヵ月が経ったある日、悠が出勤するとすぐ中山が駆け寄ってきた。

「中山、まずはあいさつだろ」

「あ、おはようございます。そんなことより、聞いてください！」

中山は朝から元気だ。フロア中に響く声量で興奮気味にまくし立ててきた。

「あのモデルルーム、すごい好評なんです！　テラスでのサービスが特によかったみたいで、買い手が次々についてるって！」

「そうか、よかったな」

中山は本当に嬉しいようで、満面の笑みを見せる。そうするとますます子供っぽくなった。

「それもこれも平岡さんのおかげです。ありがとうございました……！」

頭を下げられ悠は苦笑してしまう。

「僕のおかげっていうより、無茶な注文を引き受けてくれた弘毅くんに感謝しろよ。あの数のデザートパンを作るのは、けっこう大変だったみたいだから」

悠にパン作りは手伝えないため、本格的な作業に入ってからはもっぱら味見役だった。レジ担当の要二もパン作りには携われないので、弘毅はほぼ一人でパンを作っていた。いつ訪れても厨房で黙々と作業をしている弘毅の姿が思い出される。

中山が悠の言葉に頷いたちょうどその時、出社してきた課長に呼ばれてそちらへ駆けていった。

悠は後輩を見送りながら、肩の荷が下りたような気分になる。

――成功してよかった。

中山が今回の仕事で悩んでいたことも知っていた。初めての担当で失敗はさせたくないと思っていたから、この報告は悠にとっても嬉しいものだった。

――店の方はどうだろう。

モデルルームがオープンしたことで悠も仕事に追われて、ここのところ店に顔を出していない。

悠はデスクにつくと今日の仕事を確認する。ちょうど仕事が一段落したので、この調子なら今日は早く上がれそうだ。久しぶりに店に行ってみよう。

そう決めると仕事に対するやる気もみなぎってきた。心なしか上機嫌になっている気もする。

それに気付き、悠は一人で首を傾げる。

――どうしてこんなに楽しみなんだろう。

あの店に行くことを、これまで以上に楽しみに思っている気がする。

――そう思うのはきっと、久しぶりにデザートパンが食べられるからだ。

そうに違いない。

だってそれ以外に理由が思いつかない。

悠はそう結論付けると、雑念を振り払うように仕事に没頭した。

無事に仕事を定時に終わらせ、悠は久しぶりにパン屋を訪れた。

自宅の最寄《もよ》り駅に到着し商店街を抜け、いつもの狭い路地を歩く。まだ閉店時間まで間があるというのに、悠の足取りは速くなっていた。

路地を通り抜けると、お馴染《なじ》みのパンの香りが漂ってくる。悠は匂いの方向に視線を向け――道を間違ったかと目を瞬かせた。

年季の入った自宅兼店舗の二階建てのビル。

一ヵ月ほど前に自分も立ち会って改装したばかりだ。だから見間違えるはずはない。

それなのに我が目を疑ってしまうのは、これまでとは違った光景が目の前に広がっていたからだ。

――なんだ、これは……。

店内は少し距離のある通りからでもわかるほど、人で溢《あふ》れ返っている。要二の希望で設置したテーブルセットにも、パンを片手に持った若い女性が座っていた。

「どうしたんだ、いったい」

今までこんなにこの店に客がいたことはない。けれど目の前の光景は幻などではなく、悠が呆然《ぼうぜん》と立ち尽くしている間にも次々に客が店内へと入っていった。

「こっちも成功したんだ……」

悠はようやく状況を理解した。

モデルルームでデザートパンを提供する際に、パンと一緒に店名と地図の入った名刺カードを添えてもらった。少しでも集客に繋がればと思っていたのだが、悠の予想をはるかに超えた効果があったらしい。店はこれまでが嘘だったかのように賑わっている。

——よかった。

これなら大丈夫だ。店を続けていける。

きっと弘毅も要二も喜んでいるだろう。

昔のように活気のあるパン屋に戻ったのだ。

悠は本当に嬉しかった。もうなんと表現したらいいのかわからないほど嬉しい。ただの行きつけのパン屋にすぎないというのに、心からよかったと思った。

その気持ちを伝えようと、悠はゆっくりと歩を進める。

店に近付くにつれ、店内の様子がよりはっきりと見えてきた。そして悠はレジに立つ要二の隣に弘毅の姿を見付け驚く。

弘毅はレジを打つ要二の横でパンを紙袋に入れて客に渡していた。おそらくいきなり店が大繁盛したため、要二だけで接客をこなすことが出来なくなったのだろう。二人がかりで客をさばいていた。

「接客、苦手なのにな」

弘毅の表情はここからでは見えなかったが、きっと真剣になるあまり眉間に皺を寄せているだろう。その姿を想像するとなんだかおかしくなった。

悠が一人で含み笑いをしていると、パン屋の紙袋を手にこちらに歩いてきた二人組の女性客の会話が耳に届いた。

「あの人、格好よかったよね」

「どっちの人？」

「コックコート着てた男の人。無口だけど、なんだか一生懸命って感じで」

「わかる！　背も高いからあの制服似合ってたよね」

彼女たちは会話を弾ませながら悠の横を通り抜けていった。

——おかしい。

胸がモヤモヤする。

弘毅がモテても別にいいじゃないか。

なのに、どうしてこんなに気分が悪いのだろう。

答えを求めるように店内を見やる。レジに立つ弘毅はたくさんの女性に囲まれていた。ただ接客をしているだけとわかっていても、見ているだけで不愉快な気分になってくる。

——見たくない。

悠はなぜか落ち着かない気持ちになって、視線を揺らめかせる。最近、彼のことを考えるとよく同じような気持ちになっていた。この感情はいったいなんなのだろう。

これまでこの店が好きだから通ってきていた。彼の作るパンが美味しくて、それでこの店に……。

でもどこかでこの理由に納得しきれていなかった。それに頭の中では先ほどの女性客の会話がずっと繰り返され、忘れることが出来ない。

どうしてこんなに気にしてしまうのだろう。

――これじゃまるで……。

そこまで考えた時、悠はようやくこれまでの自分の行動の理由を理解した。

自分が嫉妬していたのは、女性にモテている弘毅にじゃない。弘毅を格好いいと言っていたあの女性たちに対して嫉妬していたのだ。

――好き、なんだ。

彼のことが。

彼の作ったパンに惹かれたのはもちろんだが、最近はパンを買うためだけに店に通っていたのではなかった。

弘毅に会いたかったのだ。

不器用で無口で生真面目な男と、短い言葉を交わしたくて……ほんの少しの時間でいいからこっちを見てほしくて、店に通っていた。

そうして彼のためになるならと、店の改装まで手伝って……。

――あの時はまだ彼への気持ちを自覚していなかった。

けれど思い返せば、自分はお気に入りのパン屋というだけで、ここまでするような人間ではない。

きっとあの時にはすでに彼のことが好きだったのだ。

だから親切にした。下心があるから、優しくした。

全ては自分を見てほしいがために取った行動。

「そんな……」

信じられない。

同性に恋をするだなんて。

自覚してもとうてい上手くいくとは思えない。かといって簡単に諦めることも出来ない。そんな生半可な気持ちで同性を好きにはならない。

「…………どうしろっていうんだよ」

考えるだけで胸が張り裂けそうに痛み出す。悠は答えを見いだせないまま胸の痛みを誤魔化すように店に背を向け、今来た道を戻り始めた。


「はあ…………」

悠の口から重いため息が零れる。

人で溢れる弘毅の店の前で引き返してから一週間が過ぎていた。あれ以来、店を訪れていない。

弘毅に会いたいという気持ちはある。だが、また女性たちに囲まれる彼を見るはめになるかと思うと、どうしても足を向けることが出来ないでいた。

「平岡さん、深刻な顔して何か悩み事ですか？」

昼休みが終わり、デスクに戻ってはいるものの一向に仕事に取りかからない悠に気付き、中山がヒョイと向かいから顔を覗かせる。後輩にサボッているところを見つかり、バツが悪くなった悠は適当に誤魔化す。

「ちょっと仕事のアイデアがまとまらなくてね」

「ふうん、そうですか」

「そうだ、それだけだ」

まだ何か言いたそうな中山から思わず視線を逸らして、目を合わせないようにする。余計な追及はされたくない。

「そういえば最近は昼を食堂で食べてますよね。あのパン屋さんに行ってないんですか？」

「……ああ」

中山の口から、よりによって確信に迫る話題が飛び出した。あまりにタイミングがよすぎて返事に妙な間が空いてしまう。

「どうしてですか？　あんなに毎日通ってたのに」

「……最近店が繁盛して忙しそうだから、気軽に行って邪魔したくないんだ」

当たり障りのない言い訳を口にしたのだが、中山はさらに突っ込んで聞いてきた。

「よかったじゃないですか。平岡さんの作戦が成功したってことでしょう。きっと店長さんも喜んでますね」

「そうだといいけどね」

どうも話に乗ってこない悠に、中山もさすがに話を切り上げた。

後輩が仕事に戻ったのを確認し、悠はまたひっそりとため息を零す。

――本当は一言お祝いを伝えに行きたい。

でも行く勇気がない。

どんな顔をして会えばいいというのだ。

別にこれまで通りでいいのだとわかっている。だがこんな気持ちを抱えて、なんでもないように振る舞う自信がない。

悠はパン屋に行かなくなってから元通りの生活を送っていた。

朝起きて仕事に行き、会社でたまに配られる菓子に素直に手を伸ばせない自分を悔やみ、仕方なくコンビニでチョコを買って糖分を補給する。その後はあのパン屋へと繋がる路地に足を向けることなく、真っ直ぐ帰宅。

でも完全に元通りにはならない。

古びたビルの一階に店を構えている小さなパン屋。気さくな店員と、不器用な優しさを持った店主。

彼の作った極上のパンの味……。

その全てを一度に失ってしまったことが、悠の胸に大きな空洞を作っている。

――寂しい。

彼の作るパンが恋しかった。

「はぁ……」

そのことを考えると幾度となく重いため息が零れてしまう。

そんな悠の様子を見て、中山がおずおずと声をかけてきた。

「具合でも悪いんですか？　無理せずに帰った方がいいですよ」

「大丈夫だよ」

「今はそれほど仕事も立て込んでないから、帰ってください。急ぎの仕事があるならオレが代わりにやっておきますから」

本当に体調が悪いわけではないといくら言っても中山は引かない。しばらく二人で押し問答していると、それを聞き咎めた周囲の人までもが心配して早退するようすすめてきた。

まさか元気がない理由が、お気に入りのパン屋に行っていないからだとは口が裂けても言えない悠は、いささか気が引けるが半休を取って早退することにした。

会社を出て、朝の通勤ラッシュが嘘のようにすいている電車に乗る。ぼんやり窓の外を眺めているうちに地元の駅に到着した。

改札口を抜け、商店街を歩く。以前はケーキ屋が目に入るたびに入るかどうしようか迷ったものだが、今は見向きもせずに通り過ぎる。

だが好物のケーキは素通り出来ても、あのパン屋へと続く路地を簡単に行き過ぎることは出来ない。

悠がゆっくりとした足取りで通り過ぎようとすると、路地から出てきた人物と出会い頭にぶつかってしまった。

「わっ」

「あ、すみませんっ」

勢いよくぶつかって来られたので、悠は不意打ちをくらって数歩後ろによろめく。そしてすぐに聞き覚えのある声で謝罪を述べられ、身体を硬直させた。

「……平岡さん？」

「……要二くん」

「こんにちは！」

要二は相手が悠だとわかると弾んだ声を出した。しかし悠は気まずさからすぐに返事が出来ない。

顔を強張らせた悠を見て、要二は戸惑ったような表情を浮かべる。

「お久しぶりです。ここのところお店にいらっしゃってませんよね。お仕事が忙しいんですか？」

「あ、ああ、うん、そうなんだ。仕事が忙しくて……」

咄嗟に話を合わせてしまった。嘘をついたことが後ろめたくて視線が泳いでしまう。

「お仕事なら仕方ないですよね。平岡さんが急にお店に来なくなったので、何かあったのかって心配してたんですよ」

これまでほぼ毎日来てくれていたから、と要二が少し寂しそうな顔をする。

ここで「落ち着いたらまた行くよ」と言えればいいのに、と思う。要二にとっても自分にとっても、それが一番だ。でも、簡単に口にすることは出来なかった。

「お時間が出来たらまたいらしてください」

察しのいい要二は、悠の様子から何かを感じ取ったのかもしれない。後にこうつけ加えた。

「弘兄も平岡さんのことを気にしていたので。色々とお世話になったから、改めてお礼を言いたいって言ってました」

「……そう」

悠はその言葉を聞けただけで嬉しかった。

彼がほんの少しでも自分を気にかけてくれている。そんな些細《ささい》なことがこれほど嬉しいなんて、自分でも驚いてしまう。

「それじゃあ、また」

要二はこの後約束があると言って足早に駅へと向かっていった。

悠は腕時計を確認する。

夕方というには少し早い時間。

この時間ならまだ店は開いている。

悠は要二が出てきたパン屋へと続く路地を見つめた。

正直、迷っていた。

このまま会いに行ってしまいたいという気持ちと、こんな状態ではまだ会いにいけないという気持ちとがせめぎ合う。

――帰ろう。

悠は想いを断ち切るように踵を返した。


マンションに帰っても特にやることがない。予定外の半休だったから時間を持て余してしまう。

悠はとりあえず着替えをすませ、ソファに腰かけテレビをつけてみた。平日の昼間だから特に興味を惹かれるような番組もやっていない。すぐに飽きてしまい、暇つぶしに最近さぼっていた掃除をすることにした。

けれど一人暮らしの1LDKではそう時間はかからない。掃除が終わるとまたやることがなくなってしまった。

悠は壁にかけてある時計を見やる。

そろそろ夕食の時間だ。

掃除をして疲れていたので、出来合いの弁当を買いに出かけることにした。

財布だけポケットに入れ、駅までの道をゆっくり歩く。仕事帰りで家路を目指すサラリーマンたちと逆の流れで商店街に向かう。

そこでまたあの路地の前で足を止めてしまった。

――この時間はきっと混んでいるだろう。

だから客の応対で忙しい彼はきっと自分には気付かない。

「少しだけなら……」

悠は散々迷った末に、弘毅に会いに行くのではなく店の様子が気になるだけだと自分に言い訳して、こっそり店の近くまで行ってみることにした。

狭い路地を抜けると、新しく生まれ変わったパン屋が現れる。

改装して人々に好まれるような外観の店になったというのに、悠は以前の方がよかったと思ってしまう。

そんな本音に気付くたびに嫌になる。

なぜならそれはとても身勝手な気持ちだから。そんなふうに考えてしまっていることを彼に知られたくない。だから以前のような自分に戻るまでは、会うことは出来ないと思った。

悠は店から数メートル離れた建物の陰に身を隠し、見つからないように細心の注意を払いながら顔を覗かせる。まるっきり不審者だが、今はそのことは考えないでおく。

遠目からだが、パンを陳列する棚を一段にして見通しをよくしたため、店内を行き来する客の姿がよく見えた。けれどこの間ほど混み合ってはいないようで、レジに弘毅の姿はない。厨房で作業しているのかもしれなかった。

悠は弘毅の姿が見えないかと目を凝らしたが、レジ奥の厨房の様子まではわからない。

「そう上手くはいかないよな」

諦めかけたその時だった。

弘毅がトレイに焼きたてのパンを載せて奥から出てきた。弘毅は棚に黙々とパンを並べていく。彼はこちらに全く気付かず、作業を終えると再び厨房に戻っていった。

短い時間。

それも遠くから一方的に姿を確かめただけ。

でも悠は実際に弘毅の姿を見ただけで、抑え込んでいた感情が身体の奥深くから溢れてくるような感覚に陥った。

なんだか怖くなってその場から立ち去ろうと悠が踵を返したその時、後ろからこちらに向かって走ってくる足音が聞こえた。

「平岡さんっ」

悠はビクリと肩を揺らして立ち止まる。でも振り返ることは出来ない。この声の持ち主が誰だかわかっているから、余計に振り向けなかった。

「平岡さん」

足を止めたのに黙ったまま立ち尽くす悠に、もう一度男が声をかけてくる。名前を呼ばれただけで身体を震わせ息を呑む。

このまま立ち去るべきだということはわかっていた。でも足が動かない。かといって彼と向き合う勇気もない。

——怖い。

顔を見たら、何かが変わってしまう気がして。

そんな自分を知って、彼はどう思うだろう。

「…………っ」

悠は突然訪れた胸の痛みに耐えるために拳を握り締め、そのまま弘毅の前から走り去ろうと足を前に踏み出した。

「待ってくださいっ」

逃げ出そうとしたのに、腕を摑んで引き止められる。なんの前触れもなく弘毅に触れられたことにびっくりして、悠は咄嗟に腕を振り払ってしまった。

「平岡さん……」

「あ……」

弘毅が悲しそうに悠の名前を呼んだ。もうどうしたらいいのかわからなくなり、混乱のあまりジワリと目頭が熱くなってくる。それを悟られないように俯いた。

「……ごめん」

口をついて出た謝罪の言葉。

自分が何に対して謝っているのかもわからない。

弘毅の手を振り払ってしまったことへか。急に店に行かなくなったことへか。それとも、もっと別の何かか……。

「ごめ……」

ぐちゃぐちゃになった思考の中、浮かぶのはその言葉だけだった。弘毅にしたらわけがわからないはずだ。きっと彼を困らせてしまっている。

恐る恐る弘毅の顔色を窺うと、彼は無言でこちらを見つめていた。その表情からは何を考えているのか読みとれない。

「今日はこれで帰るよ」

「待ってください」

弘毅の手が再び伸びてきたが、悠は身体を捻《ひね》ってそれをかわし、小走りに逃げ去ろうとした。

「ま……」

後ろからかけられた声が中途半端に途切れ、続いて背後でドサリという音が聞こえてきた。

嫌な予感が頭を過ぎる。

悠が立ち止まり振り返ると、弘毅が道路にうつ伏せになって倒れていた。

「ひ、弘毅くんっ」

思いも寄らぬ事態に、一瞬頭が真っ白になった。

悠は慌てて引き返し、彼の隣に膝をつく。

硬く閉じられた瞼《まぶた》。動かない手足。よくよく見れば目の下には隈《くま》があり、顔色は真っ白だった。

「弘毅くん、弘毅くんっ」

いくら呼びかけてもピクリとも動かない。

どうして突然倒れたのだろう。何が起こっているのか理解出来ない。

悠はパニックを起こし、ただ名前を繰り返し呼び続けることしか出来なかった。


「ん……」

ベッドの上で弘毅が微かに身動《みじろ》ぎする。数回瞬《まばた》きした後、ゆっくりと瞼が開いた。

「……平岡さん？」

弘毅は不思議そうに悠の名前を呼んだ。悠は彼が目覚めたことでようやく肩の力を抜く。安堵のため、口から深い嘆息《たんそく》が零れた。

「よかった、目が覚めて」

「ここは？　オレはどうしたんですか」

状況が把握出来ていない弘毅は、ベッドからすぐに起き上がろうとした。それを慌てて押しとどめる。

「まだ横になっていた方がいい。君は店の前でいきなり倒れたんだ。勝手に上がって悪いと思ったけど、要二くんと一緒に部屋まで運ばせてもらった」

ベッドに身を横たえながら、弘毅は驚いたように目を見開いた。どうやら倒れた前後のことはあまり覚えていないらしい。

「今日はこのまま休んで、明日にでも病院に行った方がいい。ひどい顔色をしているから」

悠がそう告げると、弘毅は怪訝そうに視線を上げた。

「オレは大丈夫です。店に戻らないと……」

「駄目だ。店のことは要二くんに任せてある。閉店作業はやっておいてくれるそうだ」

「でも明日の仕込みが……」

弘毅はまたもベッドから起き上がろうとする。

悠は激しい苛立ちを覚えた。

「駄目だと言ってるだろ！　今日はこのまま安静にしてるんだ」

弘毅は急に大きな声を出した悠に驚いて動きを止める。悠はここぞとばかりに一気にまくし立てた。

「明日は店は休むんだ。一日くらい休んだって大丈夫だろ？　うちのモデルルームで出すパンのことも気にしなくていい。そんな倒れるほど無理をしなくてもいいんだ。君の身体があってこそのものなんだから」

倒れて動かない弘毅を目の当たりにし、どうしたらいいのかわからず怖くて震えた。助けを呼びたくても名前を呼ぶことしか出来なかった。

思い出すだけで胸が引き絞られる。

「オレは大丈夫です」

けれど弘毅も一歩も引かない。

「一度引き受けた仕事を、途中で放り出すことは出来ません」

責任感の強さから出る言葉だとわかっている。だが今はそんなことより、彼の身体が心配で仕方なかった。

「僕が甘く見てた。君は一人でパンを作ってるのに、店に出すパンの他に、モデルルームで振る舞う分まで作らせるなんて間違ってた。君が倒れたのは僕のせいだ。僕が君の負担を考えないで余計な提案をしたから、だからこんなことに……っ」

弘毅に限界まで無理をさせてしまったことで、悠は激しい後悔に駆られた。

言っているうちに堪えきれなくなって涙が零れる。膝の上で握り締めた拳にポタリと落ちた。

「僕が無理を言ったからこんなことに……」

悠が俯いて涙を流していると、スッと頬に手が伸びてきた。

大きな手の平。長い指で涙で濡れた頬を拭われる。

——どうしてだろう。

こんな状況なのに胸がざわつく。

彼のことが心配でならないのに、触れられたことを喜ぶ浅ましい自分が嫌になる。

「……すみません」

低い声が二人の間に落ちる。悠は唇を嚙《か》み締めていたから、この声は弘毅のもの。

悠は彼がなぜ謝っているのかわからなくて、そろそろと視線を持ち上げる。

「あなたを泣かせるつもりはなかった。ただ喜んでほしかったんです」

彼の顔にもまた後悔の念が浮かんでいる。

しかし弘毅は何も謝るようなことはしていない。彼の謝罪の意図するところがわからなかった。

「オレがあなたの期待に応えて美味しいパンを卸せば、会社でのあなたの評価も上がると思ったんです。でも今あなたは泣いている。……すみません」

弘毅は静かに頭を下げた。

——違う。

そうじゃない。

自分の仕事を成功させるために仕事を振ったんじゃない。店のために何かしたかったから提案したのだ。会社での自分の評価がどうなるかなんて考えもしなかった。純粋に、彼のためにしたこと。それなのに弘毅に必要のない謝罪までさせてしまっている。

「……僕のせいだ」

また一粒涙が零れる。

――変な見栄を張っていたから。素直に伝えなかったから。

だからこんな誤解をさせて、あろうことか倒れるまで負担をかけてしまった。そんなつもりはないのに、彼に嫌な思いばかりさせている。

悠は自分が許せなくなった。

「……あなたに、聞いてほしい話があります」

悠が顔を伏せて自己嫌悪に陥っていると、弘毅が静かに口を開いた。

「この店は元々オレの母親がやっていたんです。オレは母の作るパンが好きでした。だからオレもパン屋になろうと決めたんです。ここまで育ててくれた母に少しでも楽をさせてやりたくて、店を手伝えたらと思ってました」

彼が語った内容は、以前要二から聞いた話と同じだった。

要二にとっても、弘毅にとっても、とても大切な店だったのだろう。そんな店を作った彼の母親も、きっと素晴らしい女性だったのだと容易に想像がつく。

「でもオレが店を手伝えるようになる前に、母は亡くなりました。オレは結局母を手助けすることは出来なかった。だから去年この店を開いた時、母のいた頃のような店にしようと思ったんです。いつも焼きたてのパンの匂いがして、お客さんの笑い声で溢れている温かい店に。それを目標に頑張ってきました。でも……」

悠が先の言葉を待っていると、弘毅は一旦言葉を区切り、そしてなぜか唇の端を少し持ち上げて、自嘲的な笑みを浮かべた。

「でも、母の作っていたパンと同じように作っても、常連だったお客さんたちは『違う』と言う。母と同じ味じゃなくなったと言って、どんどん去っていきました。お客さんが来なくなったことで、オレも焦って余裕がなくなっていって……。そんな時、平岡さんが来てくれたんです。オレの作ったパンを食べて、また来てくれた。とても嬉しかったんです。だってあなたが好んで買ってくれるデザートパンは、オレのオリジナルだったから」

棚に並べられていたパンは、どれもあまり飾り気のない惣菜パンがメインだった。その端におまけ程度に置かれていたデザートパン。それは彼の母親が残してくれたレシピにはなかったパンだったのだ。

「その後、平岡さんに『改装したらどうか』とアドバイスを貰って、オレはようやく気付いたんです。オレには母と同じパンは作れない。今までは似せることばかりにとらわれてしまっていたんだって。あの店はもうオレの店なのに……。平岡さんがそのことをオレに気付かせてくれたんです」

彼の力になりたくて提案した改装。

その時、弘毅がそんなことを考えていただなんて思いもしなかった。

母親との思い出が詰まったパン屋。それを変えていくことに抵抗がなかったはずがない。それでも自分を信じて任せてくれたのだ。

「平岡さんはオレにとって特別な人です。だからこれからもオレの作ったパンを食べに来てください」

悠は息を呑んだ。

──特別……。

自分にとって弘毅はただの行きつけのパン屋の店主というだけではなくなってしまっている。でもきっと彼は違う。悠のことを『特別』と言ってくれても、それはきっと別の意味から来る言葉だろう。自分は決して彼には言えない。真実だとしても、弘毅が自分にとって『特別』だなんて言えないのだ。

それが答え。

自分が彼に恋をしているのだという証《あかし》だった。

「それは……出来ない」

どうして、彼なのだろう。

こんな愛想のない男を、どうして好きになってしまったのだ。

これまで何人かの女性と付き合ってきた。同性に惹かれたことなど一度もない。

あの店がきっかけだというのなら、要二でもよかったはずだ。要二との方が会話も弾む。変な緊張もしない。一緒にいて楽しい。

——でも……。

心が動かない。

要二のことを考えても、こんなに苦しくはならない。

苦しくなるのは、胸が痛くなるのは、弘毅のことを考えた時だけ。

他の誰も彼ほど自分の心を惹きつけない。

——やっぱりここに来るべきじゃなかった。

悠は一秒でも早く弘毅の前から去ろうと立ち上がる。

しかし弘毅に腕を取られ逃げ出すことが出来ない。

「なぜですか」

「それは……」

「この店にもう来たくないってことですか？　それとも……オレに会いたくないって思ってるんですか」

「違……っ」

否定しようとして、言葉を呑み込む。

なぜなら会いたくないというのは本当だからだ。

会いたくない。会って嫌われたくない。

——でも、本当は……。

「いいからもう放してくれっ」

「よくないです。まだ話は終わっていない。……オレが何かしてしまったんですか？　あなたを怒らせるようなことを。だったら謝ります」

「そういうことじゃない」

「なら、どうして目を逸らすんですか。どうしてオレを見てくれないんですか？」

「………っ」

これ以上追い詰めないでほしい。

胸の奥深くに無理矢理押し込めている感情を制御出来なくなる。

知られたら終わりだ。軽蔑されて終わり。そんなのは嫌だった。

どうせ終わりにしなくてはならないとしても、好きな人から嫌われるのは辛い。

「平岡さん、オレを見てください」

「……出来ない」

「平岡さんっ」

弘毅が語気を荒らげた。

彼は無表情だからぱっと見は怖い印象を持たれてしまうが、内面はとても優しい人だ。そんな彼を怒らせてしまっている。

言っても言わなくても、同じなのかもしれない。

このまま理由を言わなければ、結局は嫌われる。

「ごめん……」

「平岡さん、オレは謝ってほしいわけじゃない。ただ理由を知りたいんです。……あなたのことが好きだから」

悠はハッとして弘毅を振り返る。彼は真っ直ぐ射貫くようにこちらを見つめていた。

「オレは平岡さんのことが好きです」

「好き……？」

弘毅は真剣な表情で「はい」とはっきり答えた。

その言葉を都合のいいように解釈しようとしてしまう。

でも弘毅の『好き』は、友人に対してのそれだ。自分とは違う。

「……僕は君が思っているような人間じゃない」

だからこれ以上、彼の傍にはいられない。

悠はそれだけ言うと手を振りほどこうと身体を捻る。しかし弘毅もそう簡単には納得してくれなかった。

「どういう意味ですか」

悠の複雑な気持ちを知らない弘毅は答えを求めてくる。

悠は一つ息をつき、そしてゆっくりと言葉を紡いだ。

「店の改装のことで色々とアドバイスしたのは、純粋な善意からじゃないんだ。僕はそんな出来た人間じゃない。打算で動くこともある」

悠は微妙に真実を濁して伝えた。ここまで言えば、弘毅が思っているほど善人でないとわかっただろう。

それなのに彼はなぜかさらに強く腕を握ってきた。

「……それがいけないことですか」

弘毅の言葉に動きが止まる。

「オレはあなたに好かれたくてパンをオマケしてました。好きな人を手に入れたくて必死だったんです」

思ってもみない告白に、悠は驚いて顔を上げる。

彼の言葉を受け止めるまでに時間が必要だった。

——だってその言い方だと、まるで……。

悠は探るように弘毅を見つめる。目が合うと優しい眼差しを向けられた。

心臓がこれまでと違った鼓動を刻み始める。

「……本当に?」

都合がいいように解釈しているわけではないのだろうか。

「本当に君も僕のことを……」

途切れた言葉の中に込めた想い。彼にもそれが伝わったようだ。弘毅は満面の笑みを作る。こんな顔が出来る男なのだと初めて知った。

様々な感情が押し寄せてきて悠が言葉を詰まらせると、弘毅にグイッと腕を引っ張られ、バランスを崩した身体は、広い胸の中へと抱き止められた。

「店に来るたび、オレが焼いたデザートパンを手に取って嬉しそうに笑うあなたを見ているうちに、好きになってました。毎日、あなたが来るのを心待ちにしてたんです」

そうしてギュウッと抱きしめられる。

見慣れた白いコックコート。

彼の身体からは甘い匂いがした。

「好きです」

言わないといられないといったふうに、耳元で落ちた告白。

悠は弘毅の胸に頬を押しつけた。

「僕は君を好きでいていいのか……？」

そう尋ねる声は震えていた。

でももう怖くない。彼の口から否定の言葉は出ないと確信しているから。

「毎日あなたのために甘いパンを焼きます。だからずっとオレのことを好きでいてください」

オレの取り得はパンが焼けることくらいですから、と妙に真面目な声音でそんなことを言われた。

それがおかしくて、悠は身体を揺らして笑ってしまう。

――彼は知らない。

パンを焼けなくても、彼が好き。

弘毅の不器用な優しさ、真っ直ぐな瞳に恋をしたことを。

でもそんなちょっと鈍感なところが可愛い。

真剣にデザートパンが決め手になったと思っている男が愛《いと》しくて、悠はそっと唇を寄せる。

「……甘い」

弘毅がポツリと呟いた。

なんだか気恥ずかしくなり、悠は再び男の胸に顔を伏せる。

「……君の作る甘いパンばかり食べていたせいだ」

そう言うと、今度は弘毅から唇を寄せてきた。

何度も塞《ふさ》がれる唇。

――甘い。

彼の唇は優しい甘さを含んでいた。

「あ……っ」

枕元の淡い照明の下、骨ばった大きな手の平が素肌の上を滑《すべ》っていく。思わずビクリと身体を揺すると弘毅の動きがピタリと止まった。

「大丈夫ですか？」

自分の身を気遣った控えめな問いかけに、悠は恥ずかしさを感じて視線を逸らす。

これまで人並みに恋愛経験があるとはいえ、こうして同じ男に組み敷かれるのはこれが初めて。まさか自分が女性と同じような体験をするなんて夢にも思っていなかったので、どうしても無意識に身体を強張らせてしまう。

彼にどの程度こういう経験があるのかも、男性相手が初めてかどうかもわからない。

悠もなんとなく男同士がどういうことをするのかは想像出来るが、実際にこれから自分が彼の手によってどうなってしまうのかは全く予測がつかなかった。

「……平岡さん？」

横を向いて黙ってしまった悠を見て、弘毅が不安げな声をかけてくる。

――改めて言うのは恥ずかしい。

だが自分が彼の立場だったら……と考え、悠は恥ずかしさを堪えて早口で告げた。

「……男性とこういうことをするのは初めてで、だから、その……」

悠は最後の部分をどうしても口に出来なかった。

『優しくして』なんて女性が口にするような言葉を言えるわけがない。いい歳をした男がそんな恥ずかしいことを……。

悠が言葉に詰まっていると、なんとなくニュアンスが伝わったのだろう。弘毅にそうっと額に落ちた前髪を梳《す》かれる。

「オレもです。男の人にこんなことをしたいと思ったのは」

あなただけです、という囁《ささや》きに喜びが胸に広がった。

しかしすぐにそれがいいことなのかどうかわからなくなる。お互い初めて同士で上手くいくのだろうか。

悠の微妙な表情の変化を感じ取ったのか、弘毅の手が頬を滑った。横に向けていた顔を正面の位置に直される。

「平岡さんが嫌がるようなことはしません。あなたを傷つけるようなことは絶対に。あなたを……悠さんのことを大切にしたいと思っているから」

初めて名前を呼ばれた。

彼が自分の名前を覚えていてくれていたという事実に胸が熱くなる。

——彼が欲しい。

どうなってもいいから、一番近くで感じたいと思った。

悠は自ら唇を寄せる。

身体に染みついているのか、弘毅からは焼きたてのパンの匂いがした。

「ふっ、……っ」

軽く触れ合わせた唇。その隙間から舌が滑り込んできた。深くなる口づけに、息の仕方を忘れてしまいそうなほど翻弄される。

「ん、あ……」

口づけられたまま胸の突起を摘《つま》まれ、悠の口から甲高い声が上がる。自分がこんな声を出していることが信じられなくて、悠は羞恥でますます顔を赤くする。

止めてほしいのに、弘毅は執拗《しつよう》に突起をいじってきた。そんなところ普段あまり意識したことはない。女性じゃないのだから、触られてもくすぐったいだけだ。それなのに、弘毅が突起に触れるたび、堪えきれない嬌声《きょうせい》を上げてしまう。

「あ、やっ……っ」

悠が短い拒絶の言葉を口にすると、ようやく指先がそこから離れた。

ホッとする反面、残念にも思ってしまう。そんな自分の思考に驚いてしまった。

——嘘だ。

悠の中心にはいつしか熱が籠もりはじめていた。胸をいじられたくらいでもうそんな状態になっているのが恥ずかしくて、悠は弘毅に悟られぬようそっと身体の位置をずらす。

ところがこれがまずかったようだ。悠の硬くなりつつある中心が、弘毅の下腹部に当たってしまった。彼も悠の状態に気付いたらしい。

弘毅は一瞬目を瞠《みは》り、そして確かめるように視線をやや下に持っていく。

悠はいたたまれなくなり、咄嗟に両手で顔を覆った。

「どうして顔を隠すんですか」

答えられなくて頭を振る。

みっともない姿を見られてしまい、悠はもう泣きそうだった。

こんないやらしい人間だったのかと思われるのが嫌で、悠は弘毅の顔が見られない。

顔を隠したまま身を固くしていると、上に覆いかぶさっている弘毅が身動ぎした。

「ひ……っ」

胸を熱いものが這《は》っていく。それは胸の辺りを彷徨った後、唐突に突起に吸いついてきた。

「あっ、んっ」

突起を舌で舐《な》められるたび、悠は身体を飛び上がらせる。そこから広がっていく熱。紛れもない快楽を感じていた。悠の中心は限界まで硬く張りつめていく。

――これ以上されたらおかしくなる。

悠は力の入らない両手で弘毅の肩を押し返した。しかしこの体格差では思うようにいかない。

弘毅は悠の抵抗などものともせず、あろうことか痛いくらい硬くなっている中心を服の上から揉《も》んできた。

「やぁ……っ」

無意識のうちに悲鳴のような声を上げていた。

鋭い快感が身体を突き抜けていく。

悠の目尻から堪えきれなくなった涙が零れ落ちる。

弘毅はしばし服の上から感触を確かめるように触れた後、器用に片手でベルトを外し今度は直《じか》に中心に触れてきた。大きな手の平に張りつめた中心を包み込まれ、悠は快楽と恐怖で混乱してしまう。

「ひ、弘毅くんっ、やめ……、あっ」

制止を促すのに、弘毅の手はそこから離れない。それどころか、ゆるゆると中心を扱《しご》き始めた。

「やっ、んっ……っ」

胸の突起を吸われながら、手を上下に動かされる。

初めての快感に悠はわけがわからなくなって、コックコートを着た弘毅の背中に思わず爪を立てた。それが痛かったのか、弘毅がふと動きを止め、胸に伏せていた顔を上げる。

ようやく甘い責め苦から解放される――そう思ったのも束《つか》の間だった。

「あぁ……っ！」

身体をさらに下にずらした弘毅は、信じられないことに今度はその舌で悠の中心に触れてきたのだ。

上から下、下から上へと数回行き来した後、躊躇いもなく口内に飲み込んでいく。

「あっ、あぁっ」

彼の熱い口内に中心を含まれ、悠は腰が砕けるような感覚に陥る。

「やめ……っ、嫌だっ」

悠は弘毅を引き剝《は》がそうと頭を押し返すが、快楽を与えられ続けた身体には力が入らない。

音を立てて中心を吸い上げられ、悠は我慢の限界を迎える。

「無理……っ、いやっ、やっ――っ！」

下腹部で燻《くすぶ》っていた熱が奥から噴き出し、欲望の証が彼の口の中に解き放たれる。全て放出し終わるとドッと疲労感が押し寄せてきて、悠はベッドに沈み込んだ。

「は……っ、ぁ……」

息が出来ない。空気を求め胸を喘《あえ》がせる。

しばらくして呼吸が整いはじめると、今度は猛烈な自己嫌悪に陥った。

――最悪だ。

彼の口を汚してしまった。

誰も好き好んであんなものを口にしたくはないだろう。弘毅に嫌な思いをさせてしまった。悠は消え入りたくなる。

弘毅がどんな反応をしているのか、見るのが怖い。

それにあっけなく果ててしまったことも恥ずかしく、悠は枕を手繰り寄せて顔を埋めた。

「……死にたい」

思わず零れた声は涙に掠《かす》れていた。

すると弘毅の手が伸びてきて強引に枕を剝ぎ取られる。やや乱暴な仕草にやはり怒っているのだと悟り、怖々彼の顔色を窺うと、弘毅がフッと口元に緩い笑みを浮かべた。

「このくらいで死なれたら困ります」

そう言って前置きもなく強い力で悠の膝を左右に開いた。

「うわっ」

いきなりのことに反応出来ずにいるうちに、弘毅の手が奥の方へと滑っていく。そうして探り当てた蕾《つぼみ》をそろそろと撫《な》でられた。

「ひっ」

指先がゆっくりと内側へと潜り込んできた。そんな場所を人に触れられたことのない悠は、驚いて身を固くする。

「力を抜いてください」

「無理……っ」

弘毅の言葉にますます後ろに入れられた指を意識してしまう。余計に身体に力が入り、弘毅の指を締めつけていた。

「悠さん、力を抜いて」

「無理なものは無理っ」

同じようなやり取りを何度しても、お互い譲らず状況は変化しない。

最初は自分も望んだこととはいえ、やはりまだそこまでの覚悟は出来ていなかった。

悠は涙目になりながら頭を振って中断するよう訴える。

すると弘毅が中の指はそのままに、もう片方の手を悠の力を失った中心に添えた。そしてゆっくりと手を動かし中心に刺激を与え始める。

「嫌だっ」

彼の手でその部分を触られると、またも身体が熱くなってきた。

「ん……っ、ふ……っ」

中心にある手の動きに連動して、徐々に呼吸が荒くなっていく。悠は唇を噛みしめ、押し寄せる快楽の波をやり過ごそうとした。

「悠さん……」

結んだ唇をそろりと舐められる。反射的に口を開けると舌が口内へと侵入してきた。舌を絡め取られ、零れる吐息を呑み込む。彼との口づけはひどく心地よかった。

悠の身体からは自然と力が抜けていく。

その瞬間を見計らったかのように、それまで動きを止めていた指が奥へと向かって突き進んできた。

「やっ……」

ゆっくりゆっくり、悠の反応を確かめながら道筋を作るように進む指先。奥まで到達すると今度は引き返して、また奥へと進んでいく。

どうしても異物感を覚えて悠が息を詰めるたび、弘毅は優しく唇を寄せてくれた。

——どこまでも優しい。

きっと今自分はとても面倒くさい相手になっている。

途中で放り出されてもおかしくないようなことをしているというのに、弘毅は悠が受け入れられる状態になるまで、辛抱強く付き合ってくれた。

「……あっ！」

その時、弘毅の指先が内側のある一点を掠めた。一瞬頭が真っ白になるような快感が走り抜け、ビクリと身体が跳ね上がる。

「そこは駄目っ」

「駄目？」

「だから、……んっ、あぁっ」

駄目だというのに、弘毅はその一点を狙って刺激してくる。

悠は鋭い快感に翻弄され、口から絶えず嬌声を上げてしまう。

「あ、はっ……っ、ぁっ」

一度放ったというのに、悠の中心は先ほどよりも硬く張りつめていく。先端の窪みからは透明な雫《しずく》が零れ、弘毅が手を上下に動かすたびに室内に濡れた音が響き渡る。

「やぁ……っ」

あっという間に強い射精感が込み上げてきた。弘毅を挟むように立てた膝が小刻みにガクガクと震え出す。あともう少し刺激を与えられたら達してしまう――その絶妙のタイミングで、弘毅は後ろから指を抜き取った。

「ん……」

ギリギリで解放を妨げられ、つい弘毅を恨みがましく見やってしまう。

そんな悠に気付いた弘毅が、チュッと軽い音を立てて口づけを落としてきた。そうして身を離すと、コックコートを肩から落とし、ズボンの前をくつろげる。

初めて目にする彼の中心。自分と同じ状態になっていることが嬉しかった。

「……悠さん」

衣服越しではなく、素肌の胸が重なる。

――熱い。

身体だけでなく、頭が熱に浮かされたようにぼんやりする。

悠がうっとりと彼の体温を堪能していると、弘毅がわずかに身体を離した。そして熱い塊が後ろの蕾に押し当てられる。

「はあっ……」

指よりも大きなものに身体を開かれていく。

時間をかけて、わずかな痛みと共に与えられる充足感。未知の体験への恐怖よりも、彼が欲しいという感情が勝っていた。

「あ、はっ」

ジリジリと押し進んでいた弘毅の動きが止まる。

悠の呼吸が整うのを待って、弘毅が腰を動かし始めた。

「あっ、ぁ、あ……っ」

悠の弱い部分を狙って腰を穿《うが》たれる。そこから甘い刺激が全身に広がっていった。

たまらなくなって腕を伸ばし弘毅の首筋にしがみつくと、大きな腕で力いっぱい抱きしめられた。

身体が震える。

悠の頬を涙が伝った。

──嫌なわけじゃない。

痛みを感じているわけでも、止めてほしいわけでもない。

ただ彼への想いだけが募っていく。

──嬉しい。

弘毅をこうして感じることが出来て。

求めてもらえることが嬉しくてたまらない。

「だめ……っ、や、あ、あぁぁ──っ！」

弘毅が腰の動きを速める。彼の中心で奥まで突かれ、悠は細い悲鳴を上げながら堪えていた熱を解き放った。

「やっ、やぁっ」

絶頂を迎えたことにより敏感になっている状態でさらに中心を扱かれて、悠は全身を痙攣《けいれん》させた。白濁《はくだく》が彼の指を濡らす。汚れるのも構わず弘毅は手を動かし続け、悠は何度も飛沫《しぶき》を上げた。

「んっ、あぁっ」

「う……っ」

最後の一滴まで絞り出され、悠は後ろをきつく締めつける。弘毅は短く呻《うめ》き、腰を深く打ちつけてきた。

「悠、……くっ」

掠れた声で呼ばれる名前。最奥《さいおう》で弘毅の中心が弾ける。彼の熱を奥で感じ、悠は喜びに胸を震わせた。

——どうしてだろう。

涙が止まらない。

嬉しいのに涙が零れる。

「……大丈夫ですか」

悠の涙を見て、弘毅が心配そうな顔をする。

その顔を見ているとまた涙が流れた。

——好きでいてくれる。

こうして傍にいてくれるだけで。

自分をその真っ直ぐな瞳の中に映してくれるだけで。

幸せだと感じる。

「弘毅くん……」

悠は大切な人の名前を呼ぶ。

それだけで得ることの出来るキス。

それはこれまで食べたどのデザートパンよりも、甘い甘い口づけだった。


「あ、平岡さん。こんばんは」

仕事帰りに店に立ち寄ると、要二が閉店作業をしている手を止めて駆け寄ってきた。

要二は相変わらず人懐っこい。元々人付き合いが上手いのだろう。悠がしばらくこの店に近寄らなかったことも特に詮索せずに、再び店を訪れ始めてからもこれまでと同じように接してくれている。

いい青年だとつくづく思う。

「何かいいことでもありました？」

要二がまじまじと顔を見つめてそんなことを口にした。突然どうしたのだろうと思っていると、

「前と少し雰囲気が変わったような気がしたので」と続けて言われた。

心当たりのある悠はドキリとしてしまう。

確かにいいことはあった。けれど事実をそのまま言うわけにもいかない。

悠は内心の動揺を隠しつつ、もう一つのいいことを話すべく口を開く。

「……会社で甘い物が好きだと話したら、色々と差し入れを貰うようになったんだ」

これまでは甘党であることをひた隠しにしてきた。自分のようないい歳をした男が好んで甘い物を食べるなんて、みっともないと思っていたからだ。

けれど少し前に弘毅に言われた言葉がきっかけで、会社で打ち明けてみようと思った。

――あれは初めて彼を自宅に招いた時のこと。

過去の失敗から、弘毅に幻滅されたくなくて事前に部屋を綺麗に片付けておいた。しかし不精をして荷物をクローゼットに押し込めただけだったので、弘毅の目の前で積み重なった荷物が雪崩を起こし、ずぼらな部分がばれてしまった。恥ずかしくて仕方ないし、これで嫌われたらどうしようと泣きそうになっていると、彼は「安心しました」と言った。続けて「あまり気を張らなくてもいいんじゃないですか」と柔らかい声音で諭すように言われ、心がスッと軽くなるのを感じた。

そうして弘毅に背中を押され会社で打ち明けてみることにしたのだが、最初はやはり人前で甘い物

を食べることに抵抗があった。しかし勇気を出して甘党であることを告白してみると、自分が想像していたよりも周りの反応は悪いものではなく、特に中山は同じ甘党仲間として聞いてもいないのに色々とおすすめの店を教えてくれるようになった。今では女子社員たちともデザートが有名な店にランチに出かけるようになっている。

周りからすればそれは些細なことかもしれない。けれど悠にとっては大きな変化だった。

「よかったですね」

悠の短い言葉から言わんとしていることを察してくれたのか、要二がニコリと微笑《ほほえ》んだ。けれどすぐさま困ったように眉を下げる。

「あ、そうだ。せっかく来てくださったのに、今日はもうほとんどパンが残ってないんです」

要二がすまなそうな顔で店内を見渡す。釣られて店内を見ると、棚にはポツポツと惣菜パンが置いてあるだけだった。

「ちょっと様子を見に立ち寄っただけだから気にしないで」

「でも……。あ、もしかしたら厨房に何か残ってるかもしれません。弘兄、平岡さん用のパンあるかな？」

要二が奥に向かって声をかけると、弘毅がのっそりと姿を現した。

相変わらずの仏頂面。だが、悠の姿を認めた一瞬だけ目元の険しさが薄れる。弘毅のこういう反応を目にするたびに、胸が温かいもので満たされていく。

「弘兄、何か甘いパン……」

「要二、今日はもういいから上がってくれ」

「へ？」

　要二の言葉を遮り、弘毅は突然そんなことを言い出した。

「でもまだ片付け途中だけど？」

「後はオレがやっておくから」

　要二は怪訝そうな顔をしたものの、店主である弘毅の言葉に頷いた。エプロンを脱ぎ手早く帰り支度をすませると、弘毅と悠に「じゃあお疲れ様です」と言って店を出ていく。

「……まだ片付けが終わってなかったのに、要二くんを帰らせて大丈夫なのか？」

　要二の後ろ姿を見送っていた悠は、隣に立つ弘毅に咎めるような視線を送る。

「片付けくらいすぐに終わります」

「そんなこと言って、また倒れでもしたら……」

　悠の脳裏にあの時のことが蘇《よみがえ》る。もうあんな思いは二度としたくない。だから身体には充分気を付けてほしいと日頃から言っているのに、弘毅はあまり言うことを聞いてくれない。

「オレのことを心配してくれてるんですね」

「君がいなくなったらパンを焼ける人間がいなくなってしまうからね。せっかく順調にいっているのに、長期休業なんてことになったら、常連さんがまた離れてしまうんじゃないかって心配なんだ」

弘毅の言葉は全くの図星なのだが、まだ素直になりきれない悠が照れ隠しにそう言うと、弘毅が柔らかい眼差しを向けてきた。

「早く二人きりになりたかったんです」

「な……っ」

ストレートな言葉に上手い切り返しも思いつかない。悠が口をパクパクしているうちに、弘毅はさっさと後片付けを再開させた。

——普段は無口なくせに。

たまに口を開いたと思うと恥ずかしいことばかり言うから、こっちまで気恥ずかしくなってしまう。悠は熱を帯びた頬に手を当てる。恥ずかしいだけで別段不快ではないから、特に言い返したりしないのも悪いのかもしれない。

悠がそんなことを考えていると、弘毅が再び厨房から顔を覗かせた。

「今日はどんなパンがいいですか」

「……クリームたっぷりの甘いパンがいい」

そう答えると、弘毅は嬉しそうな顔をしていそいそと袖を捲る。

「パン屋になってよかった。パン屋じゃなかったら、オレはきっとあなたに相手にされていなかっただろうから」

パン生地を捏《こ》ねながら、弘毅が誰にともなしに呟く声が聞こえてきた。

――まだ誤解している。

確かに甘いデザートパンは大好きだ。特に弘毅の作ったパンは、一流パティシエの作ったケーキにも劣らないと思うほど美味い。

だが、美味しいパンが焼けるという理由だけで好きになったわけではない。

しかしどうもそれが弘毅には伝わっていないようだ。

「……君は僕のために一生甘いパンを焼いてくれるんだろ？」

なんでもないことのように口にする言葉。

この言葉の意味を、本当に彼はわかってくれているのだろうか。

――ずっと一緒にいてほしい。

この歳になれば恋が楽しいものばかりではないと知っている。

男女でも一生を誓うほどの相手にはそうそうめぐり会えないというのに、ましてや自分たちは男同士。この先どれほど共にいられるのだろうか。ふとした時にそんな不安が頭を過ぎる。

でも望まずにはいられない。

――傍にいたい。

出来るだけ長く、同じ時間を共有していたい。

そんなふうに思うのは弘毅が初めてだった。

きっとこれから先、続けていく上で無理が出ることもある。辛い思いもするかもしれない。

そういう現実を知っていても、悠はまるで子供のように無邪気に永遠を信じたかった。

悠の言葉に弘毅が手を止めこちらを振り向く。

「オレでよければ、あなたのために死ぬまでパンを焼きます」

わかっているのかいないのか、弘毅は微かな笑みを浮かべながら即答する。

不安は尽きない。

今はそう言っていても、いつか別れを切り出されるかもしれない。

彼の言葉を信じたいのに、そう簡単にはいかないのだ。

悠が切ない気持ちで弘毅を見つめていると、彼がポツリと呟いた。

「……一生、傍にいたいから」

悠は不覚にも涙が出そうになった。弘毅に気付かれぬように下を向く。

——幸せだ。

毎日こうして甘いデザートパンを好きなだけ食べられる。

夢のような日々。

それが毎日続けばいい。

彼と一緒にいられる甘く幸せな日々が、これからもずっと続いていけばいいと心から思った。

甘く、して

「はぁ、……はっ」

明かりを落とした寝室に艶《つや》を帯びた吐息が響く。彼が動くたび悠《ゆう》は息を詰め、唾液で濡《ぬ》れた唇から密やかな喘《あえ》ぎ声を零《こぼ》した。

「あ……っ、んっ」

堪えきれずに漏《も》れた嬌声《きょうせい》が恥ずかしく、悠は意識して唇を嚙《か》みしめさらに手の甲で口を塞《ふさ》ぐ。

まだこうして彼に組み敷かれることに慣れていない。嫌なわけではなく、むしろ恋人に求められれば嬉《うれ》しいと感じるのに、男としてのプライドからか、どうしてもそれを素直に表に出せないでいた。

そんな悠の反応を逆の意味に取ったのか、弘毅《ひろき》がピタリと動きを止める。

「大丈夫ですか」

上から落ちた言葉に閉じていた瞳をそっと開く。

間接照明に照らされ、均整の取れた身体《からだ》が薄暗がりの中に浮かび上がる。無駄な肉をそぎ落としたような腹筋、呼吸をするたび上下する厚い胸板、汗が伝い流れる太い首筋……と順番に目線を上げていき、最後に意志の強さが感じられる切れ長の瞳と視線が交わる。めったに感情を表に出さない硬質な容貌を持つ彼は、悠の身体を心配するあまり眉間に皺《しわ》を刻んでこちらを見つめていた。その顔から弘毅と出会ってすぐの頃を思い出してしまい、悠の口元に笑みが浮かぶ。

「……なんで笑うんですか?」

「いや、なんでもない」

慌てて笑みを引っ込めたが、弘毅は眉間の皺をますます深くした。これは考え込んだ時の彼のクセだ。この無口で無愛想な男と恋人になって三ヵ月。ようやく言葉がなくても表情を見て、彼が何を考えているのかわかるようになってきた。

「言ってください」

悠は今この状況で話す余裕がなく頭を振る。けれどそれが悪かったようで、弘毅がひときわ強く腰を打ちつけてきた。

「あぁっ！」

突然強い刺激を受け、その衝撃で悠は腰を浮かせた。そこを容赦なく責め立てられて、悠の口から悲鳴のような嬌声が上がる。敏感な場所を集中的に突かれ、一気に限界まで追い上げられた。

「ひっ、なんで……っ」

しかしあともう少しで絶頂を迎えるというその時、弘毅に中心をギュッと握られて解放をせき止められた。恨めしそうに弘毅を見やると、色気を滲《にじ》ませた眼差《まなざ》しを向けられる。

「言わないとずっとこのままですよ」

「な……っ」

弘毅は本気のようで、そのまま腰を揺さぶる。強烈な快感が波のように押し寄せ、けれどそれを解き放つことを禁じられて、悠の瞳から涙が零れた。

「……ずるいですよ」

顔に似合わず優しい恋人は、悠の涙を見てあっさり白旗を上げた。中心を戒めていた手を放し、今度は絶頂へ導くため上下に動かし始める。

「んっ、あ、あっ」

もう自分がどんな痴態を晒《さら》しているか気にする余裕すらない。頭が真っ白になるほどの快感に、ただただ身体を戦慄《わなな》かせた。それを見て弘毅がラストスパートをかけるように動きを速め、あっという間に限界へと追い上げられる。

「あぁぁ――――っ」

「っ！」

悠の中心がはぜると同時に弘毅が息を詰め、最奥《さいおう》に埋め込まれた彼の中心がドクドクと脈打つ。熱い飛沫《ひまつ》を叩《たた》きつけられるのを感じ、悠はフルリと身体を震わせた。

「……ふっ」

全てを解放し終わり嘆息した弘毅が、悠の上に覆い被さってきた。押しつぶさないように気を遣ってくれているので、合わせた胸から鼓動が伝わってくるだけで重みは感じない。悠は呼吸を整えている男の逞《たくま》しい背中にそろそろと腕を回す。わずかに力を込めると、情熱的な口づけが返ってきた。

「それで、さっきはなんで笑ったんですか？」

弘毅がゴロリと身体を隣に横たえ、再度質問してきた。悠は言おうかどうしようか一瞬迷ったが、言葉を選びながら理由を口にする。

「……初めて君と出会った時のことを思い出したんだ。はじめの頃はなんて無愛想なんだって思ってたけど、こうして一緒にいる時間が増えて本当の君を知ることが出来て、よかったなって思って」

きっとパン屋を訪れる人は彼が本当はとても優しいことを知らない。自分も以前はそうだった。しかし、弘毅と共に過ごす時間が増え、意外な素顔を知るたびに惹《ひ》かれていった。そうして自分でも気付かぬうちに恋に落ちていたのだ。

でもそれをそのまま伝えるのは恥ずかしい。悠は言葉を探しながらそう言うのがやっとだったが、弘毅は臆面もなくストレートに気持ちをぶつけてくる。

「オレは最初から好意を持っていました。こうして付き合ってからも、日に日に気持ちが大きくなっている。オレはあなたに夢中なんです」

弘毅の大きな手の平が悠の頬《ほお》に添えられる。そろそろと優しく撫《な》でられ、愛《いと》おしそうな眼差しを向けられた。

こうして惜しげもなく愛の言葉を与えられるたびに胸がくすぐったくなる。決して嫌ではないのに、どう反応していいのかわからなくてつい口をつぐんでしまう。本心ではもっと甘えたいのに、そう出来ない自分が恨めしかった。

悠は赤くなった顔を見られまいとそっと下を向き、小声で「僕も」と答えるのが精一杯だった。

「……悠さん」

「ん……っ」

弘毅は頰に添えていた手を後頭部へずらすとそのまま唇を寄せてきた。ベッドに入る前にシャワーを浴びたはずなのに、彼からは焼きたてのパンの香りがする。口づけまで甘く感じ、悠が無意識に舌で彼の唇をなぞると、嚙みつくような激しいキスを返された。

「ひ、弘毅くんっ」

モゾモゾと肌の上を這《は》う手の平に気付き驚いて名前を呼ぶ。確実に聞こえているはずなのに、弘毅は手の動きを止めようとはしない。それどころか、再び後孔《こうこう》に触れられ悠はビクンと身体を震わせた。

「もう無理……っ」

四つ年下の恋人は制止の声を無視して悠の膝を割り広げると、わずかに熱の籠もり始めた中心に指を絡める。こうすると悠の身体から力が抜けて抵抗出来なくなると知っているからだ。

「あっ、う……っ」

口ではいくら駄目だと言っても身体は彼を求めてしまう。はしたない自分が恥ずかしくてたまらなくなるが、弘毅は悠の正直な反応を見て、嬉しそうに目を細めた。

「好きです」

「……っ」

——ずるいのはどっちだ。

悠は弘毅を潤んだ瞳で見上げる。

そんなことを言われたらこれ以上拒めない。だって自分も彼のことを好きだから。

悠が言葉に詰まっている間に、弘毅が硬くなった中心を後ろにあてがう。息を吐いた瞬間を狙ってそのまま中へと進入してきた。先ほど受け入れたばかりのそこは難なく彼を呑《の》み込んでいく。

「はぁ、はっ、んっ……っ」

内側の敏感な部分を擦《こす》られ、薄く開いた口から我慢しきれずに小さな嬌声が零れ落ちた。弘毅の様子をそっと窺《うかが》うと、真《ま》っ直《す》ぐ自分を見つめる瞳と視線が交わる。引き寄せられるように重なる唇。

悠は弘毅の背中にしがみつく。

——幸せだ。

彼と一緒に過ごす時間がとても幸せ。

悠はうっとりと目を閉じると快楽の波に身を委《ゆだ》ねた。

「平岡《ひらおか》さん、おはようございます！」

「おはよう」

休み明けの木曜日。

悠が会社に出勤するとすぐさま中山《なかやま》が声をかけてきた。朝から元気のいい後輩にあいさつを返し自分のデスクにつくと、中山がチラチラとこちらに視線を送ってくる。

「どうかしたか？」

「いやー、なんでもないですけど……」

なんでもないと言いながら、目線は悠が携えている紙袋に注がれている。食べ物のことに関しては目ざとい中山に思わず苦笑が滲む。

「新作の黒糖ラスクだ。食べたら感想を教えてくれ」

「いただきます！」

個包装されたラスクを取り出すと同時に中山がそれに飛びつく。そして周りのスタッフに配っているわずかなうちに、ラスクを食べ終えていた。

「どうだった？」

悠がさっそく感想を求めたが、いつものように中山は「美味《うま》かったです」と返してきた。彼は何を食べてもそれしか口にしない。嘘《うそ》やお世辞が言えない男だから、本当に美味いと思っているのだろうが、もう一言くらい添えてほしい。でも中山にそこまでは望みすぎだろう。

悠は代わりに他の女子社員に「食べたら感想を頼む」と伝えた。ところが彼女たちはラスクを見つめたまま難しい顔をしている。

「今すぐじゃなくていいから」

悠がそう言うと、中山を横目で見ながら樋口《ひぐち》が理由を口にした。

「違うんです。今日の午後、健康診断があるじゃないですか。体重のことが気になっちゃって、最近ちょっと甘い物を控えてるんです」

「健康診断？　そういえばそんなのありましたね」

中山は悠におねだりして獲得した二枚目のラスクを頬張りながら、他人事《ひと》のように答えた。

「女の人は体重気にし過ぎですよ。オレなんて半年くらい体重計乗ってないけど、別に何も気にならないけどな」

「……男の人はいいですよね」

樋口は深々とため息をつく。

「甘い物を控えているなら、無理に食べなくても大丈夫だから」

悠が樋口に伝えると、彼女は「もう無理です」と首を振る。

「こんなに美味《おい》しそうなラスク貰《もら》ったら我慢できません。健康診断が終わったら頑張った自分へのご褒美に食べちゃいます」

「無理しなくてもいいのに。オレが代わりに食べてあげるから」

「中山さんはもう二枚も食べたじゃないですか。これは私の分です」

中山はもともと自分の物だったかのように、樋口の手元にあるラスクを目で追う。悠は咳払《せきばら》いしてそれを咎《とが》めた。

「健康診断かぁ。面倒ですね」

まだ二十代半ばの中山は健康に関してあまり興味がないようだ。

悠が適当に相づちを打ちつつ時計を確認していると、中山にジッと見つめられた。

「なんだ？」

もうラスクはないぞ、と言うと中山は「違いますよ」と否定する。

「平岡さん、もしかして少し太りました？　前より顔が丸くなった気がするんですけど」

「そうかな？」

言われて悠は自分の頬を擦る。

元々それほど太りやすい体質ではないから、あまり体型の変化を気にしていなかった。

「うん、やっぱり丸くなりましたよ。甘い物を食べてるからですかね」

「そうかもな」

悠はそう言うと、この話を終わりにした。中山にも仕事を始めるように言い、自分もパソコンを立ち上げる。

弘毅と付き合い始めたのは太陽の日差しが眩《まぶ》しい暑い夏だったが、早いもので季節はもう秋を過ぎ冬にさしかかろうとしている。これからクリスマスにお正月にとイベントが待ち構えており、それに伴って悠の仕事もにわかに忙しくなり始めていた。

今手がけているクリスマス用のコーディネートを考えていると、ふと弘毅のパン屋のことが頭に思い浮かんだ。弘毅も要二《ようじ》もイベント事に疎いようで、この間のハロウィンの時も特別店内に飾りつけはしていなかった。だが夏に改装して女性客も増えたことだし、クリスマスくらいささやかでいいから何かした方がいいのではないだろうか。今日の帰りに店に寄って弘毅に提案してみよう。

悠はまず自分の抱えている仕事からだと気を引き締め、パソコンの画面に視線を走らせた。


「はぁ……」

悠の口から無意識にため息が零れる。それを聞き咎めた要二が声をかけてきた。

「何か悩み事ですか？」

「たいしたことじゃないんだ、気にしないで」

悠は要二に力ない笑みを向ける。そして棚に並べられたデザートパンを見やり、また一つため息を零した。

――食べたい。でも……。

先ほどから手にしたトングをアップルパイに伸ばしかけ、途中で止めて、という動作を無意味に繰り返している。

それもこれも今日の健康診断のせいだ。

久しぶりに体重計に乗ったら、なんと体重が以前と比べて三・五キロも増えていた。元々細身のため、そこまで太ったという印象はないが、三ヵ月前に測ったのが最後だから一ヵ月一キロペースで増えている計算になる。今はいいが、この状態が続くとさすがにまずいのではないだろうか。

ショックを受けた悠は会社帰りにパン屋へ寄ったものの、毎日のように食べていたデザートパンも少し控えた方がいいのでは、と思いはじめ、でも少しくらいなら……と欲求に負けそうになる自分と戦っていた。

悠がデザートパンコーナーで難しい顔をして立ち尽くしていた時、店の奥から弘毅が女性と連れ立って店舗へ顔を出した。

「それじゃあ、後はお店の写真を何枚か撮らせてもらっていいかしら」

「ああ」

「おすすめは？」

「そこの一角がデザートパンコーナーになってて……」

弘毅が悠の立つ棚の辺りを指さす。そこで初めて気付いたようで、弘毅が悠の姿を認めて目を大きく見開いた。

「来てたんですね」

「ああ。お疲れ様」

弘毅がわずかに頬を緩め嬉しそうな顔をする。臆面もなくそんな反応をされると、悠の方が照れてしまう。

「仕事の邪魔をしちゃったかな。僕はこれで……」

悠がデザートパンが並ぶ棚から離れようとすると、弘毅の隣に立つ女性が突然話しかけてきた。

「こんばんは。常連のお客様ですか？」

「今日はお仕事帰りですか？　週に何回くらいいらっしゃってるんですか？　いつもはどんなパンを？」

「ええ、そうです」

「ええっと……」

いきなり質問攻めに遭い反応に困っていると、それを察した弘毅が間に割って入ってくれた。

「佐伯《さえき》、うちのお客様に勝手に話しかけないでくれ」

「あら、ごめんなさい」

怒っているというわけではないが、普通の人が見たら恐怖で縮み上がる弘毅の強面を前にしても、佐伯と呼ばれた女性は少しも怯《ひる》まない。それどころか弘毅を押しのけ、悠に名刺を差し出して自己紹介を始めた。

「いきなりすみませんでした。私、タウン誌の記者をしている佐伯と申します」

「はあ……」

「今日はこちらのパン屋さんを取材させていただいていて、常連の方のお話をお聞きしたくて声をおかけしました。よろしければ少しお時間をいただいてもよろしいですか？」

否とは言えないほどの勢いに負け、悠は戸惑いつつも頷《うなず》いていた。けれど二人のやり取りを聞いていた弘毅が佐伯を止める。

「おい、迷惑になるだろ」

「いいじゃない。お店の宣伝にもなるんだから」

「だが……」

困惑していた悠だったが、佐伯の『宣伝』という言葉にピクリと反応した。

以前と比べれば最近は順調に客足も伸びている。しかし客は多ければ多いほどいいだろう。悠はこれもこの店のため、ひいては弘毅のためになるならと快諾した。

「僕でよければ協力しますよ。この店のパンはどれも美味しいから皆におすすめしたいので」

佐伯は喜んでいたが、弘毅はしぶしぶといった様子で口をつぐんだ。

悠はお得意の愛想笑いで佐伯の質問に一つずつ答えていく。五分もあれば終わると思っていたが、予想に反して十五分以上も話し込んでいた。さすがに悠が疲れてきた頃、それまで成り行きを見守っていた要二が助け船を出してくれた。

「佐伯さん、そろそろ片付けに入りたいんですけど、写真は撮らなくて大丈夫ですか？」

「あ、そうだったわ」

要二の言葉に佐伯は一眼レフのデジカメを構え、棚に並んだデザートパンを撮り始めた。悠はようやく解放され、こっそり安堵《あんど》のため息をつく。

「すみませんでした」

そんな悠の様子を見て、弘毅が申しわけなさそうな顔で頭を下げた。悠は慌てて首を左右に振る。

「いや、気にしないで。僕が勝手に引き受けたんだし」

——君のためならいくらでも協力する。

後にそう続けようとして、要二や佐伯のいる手前すんでのところで言葉を呑み込む。

その代わりに弘毅に小声で気になっていたことを尋ねた。

「取材を受けるなんて珍しいな」

三ヵ月前、悠の提案により、住宅展示場で弘毅の作ったパンをサービスしたことがきっかけで、傾きかけていたこの店の経営を立て直すことが出来た。それどころか口コミでジワジワと人気が出て、今では閉店時間を迎える頃にはパンがほぼ売り切れるまでになっている。その繁盛ぶりから、今までもいくつかの雑誌に取材を申し込まれていたようだが、口下手で人前に出ることが苦手な弘毅は全て断っていたのだ。

それを知っているだけに、今回はなぜ取材を受けることにしたのか不思議だった。

「佐伯はオレの高校時代の同級生なんです。実はオレもあの押しの強さに負けて、取材を受けることになってしまって」

「同級生だったのか」

「はい」

弘毅は簡潔に答えてくれた。嘘をつくような男ではないから、言っていることは本当なのだろう。

だが、ただのクラスメイトにしてはずいぶん親しそうに見えた。

——もしかしたら、単なる同級生というわけでもないのかもしれない……。

本心では問いただしたかったが、自分と出会う前の過去のことをいちいち聞かれたら、弘毅だってうんざりしてしまうだろう。

悠はもうこれ以上は詮索しないことに決めた。

「ご迷惑をかけてすみませんでした」

弘毅はもう一度頭を下げてきた。悠の口数が少ない理由を、佐伯との関係を気にしているからではなく、面倒なことに巻き込んだから不機嫌になっていると思ったらしい。

悠は彼の間違いをやんわり指摘する。

「謝られるより、『ありがとう』と言ってもらえる方がいいな」

迷惑なんて思っていない。役に立てることが嬉しいのだということが伝わっただろうか。

悠が照れ隠しに早口でそう言うと、弘毅は一瞬虚を突かれたような顔をし、数秒後にフワリと笑みを浮かべた。悠は弘毅に笑顔を向けられ、鼓動が一気に速くなるのを感じる。滅多に見られない彼の笑顔を見られ、それだけで協力した甲斐《かい》があったと思った。

「石森《いしもり》くんの写真も撮らせてもらっていい？」

悠が顔を微《かす》かに赤くしたその時、佐伯が弘毅に声をかけてきた。目立つことが苦手な弘毅は断っていたが、佐伯に強引に押し切られて数枚写真を撮られるはめになってしまう。

弘毅は明らかに不機嫌な顔で腕組みをして終始カメラのレンズを鋭い眼光で睨《にら》みつけていた。そんな弘毅に佐伯は「威圧感出さない！」や「目つきが怖すぎ！」と遠慮なくポンポン物を言っていて、二人の関係がまた気になり始める。

「うん、いい感じの記事が書けそう。ご協力ありがとうございました。平岡さんもありがとうございます。記事が出来たらお渡ししたいのですが……」

別に自分の発言がどのような形で掲載されようがたいして興味はなかったが、この店が初めて誌面に載るのだ。これは是非とも入手したい。悠が仕事用の名刺を佐伯に渡すと、彼女はそれをしっかり手帳に挟み込んだ。

「それじゃあ私はこれで。石森くん、パンごちそうさま。美味しかったわ。今度はプライベートで買いに来るわね」

弘毅にそう告げると今度は悠に向き直り、佐伯はニコリと笑顔を見せた。押しの強さに圧倒されてあまりちゃんと彼女の顔を見ていなかったが、勝ち気な性格を現しているかのような大きな瞳が印象的な、パンツスーツがよく似合う綺麗《きれい》な女性だった。

「記事が出来たらすぐにご連絡しますね」

「楽しみにしてます。ああでも連絡いただかなくても僕はほぼ毎日お店に顔を出しているから、ここでまた会うかもしれませんね」

佐伯は「そうですね」と相づちを打つと、もう一度弘毅と要二に礼を言い店を後にした。

「美人だけど、ハキハキしてて男勝りな人だったなぁ。弘兄が女性に押されてるの初めて見た」

要二も慣れない取材を受けて疲れたのか、他に客がいないのを確認して大きく伸びをした。

「女子剣道部の部長をしてたからな。昔からああいう性格だ」

「ああ、じゃあ部活も一緒だったのか」

弘毅が要二に頷き返した。弘毅が高校時代、剣道をしていたというのは初めて聞いた。そういえば自分は知り合ってからの彼しか知らないことに気付く。

「……へえ、剣道をやってたのか。今度写真を見たいな」

「わざわざ見るほどのものでもないですよ」

チリチリと胸が焼けた。

彼が高校生の頃、悠は大学生だった。四歳の年の差を今まで意識したことはなかったが、たとえ当時出会っていたとしても、学生時代を共有することは出来なかったと思うと少し寂しい。ましてやその時、あの佐伯という女性が傍《そば》にいたのだ。

――面白くない。

これは嫉妬だ。

わかっている。過去に嫉妬しても仕方がない。今さらどうしようもないことだ。

でも頭ではそう片付けられても、気持ちは別。簡単に割り切れない。

過去を変えられないというのなら、せめて知りたいと思った。

「見たいんだ」

表面上はにこやかな笑顔を崩さず、だがはっきりとした口調で主張した。弘毅も悠が引かないと察したのか、気は進まなそうだったが了承してくれた。

「じゃあ交換しましょう。オレの学生時代のアルバムを見せる代わりに、悠さんのも見せてください」

今から十年以上も前の若かった自分を見られるのは少々気恥ずかしいが、悠は弘毅の写真見たさにその条件をのんだ。

「今度来る時に持ってきてくださいね」

弘毅が珍しく弾んだ声を出した。

彼もまた自分の過去を知りたがっている。それがわかっただけで悠の心は平穏を取り戻す。

「二階で待っていてください。店じまいをしたらオレも行きますから」

パンを食べながらアルバムを見ましょう、と弘毅に提案され、悠はこくりと頷いた。

——まるで子供みたいだな。

好きな相手の言動に一喜一憂してしまう。

弘毅を好きになって、半ば諦めていたのに奇跡的に恋人になることが出来てとても幸せなのに、自分は欲深い男だから相手の全てをほしいと思ってしまう。

余裕なんてない。きっと弘毅を好きでい続ける限り、幸福だけれど不安に駆られることだろう。それでも手放す気にはなれない。

「好きだから」

悠は二階へと続く階段を上りながら、ポツリと本音を呟《つぶや》いた。

「あれ、今日はパンじゃないんですか？」

会社の食堂で本日の日替わりランチを食べていると、外出していた中山と出くわした。中山は驚いたような顔で悠の手元を覗《のぞ》き込む。

「たまには社食で食べるのもいいかと思って」

中山がカツ丼とうどんを載せたトレイを悠の向かいの席に置く。きちんと手を合わせ「いただきます」と言った後、箸を手に取り大口を開けてカツ丼を頬張った。

「そんなに急いで食べなくてもまだ休憩時間は残ってるだろ」

どんぶりを抱えながら食べる中山の姿に苦笑が滲む。中山は口の中に食べ物が入った状態で、何か言おうとモゴモゴしている。それを「食べるか話すかどっちかにしろ」とたしなめると、中山は口の中の物をゴクンと飲み込み、さらにお茶を一口すすってから改めて口を開いた。

「朝飯食べ損ねたから腹減っちゃって。……平岡さん、もう食べないんですか？」

今日の日替わりランチはコロッケとエビフライ定食。メインのコロッケをまるまる手つかずの状態で箸を置いた悠に気付き、中山が首を傾《かし》げた。

「ご飯もほとんど残ってるじゃないですか」

「……食欲がなくて」

「大丈夫ですか？」

様子を窺ってきた中山に、悠は力なく笑って「大丈夫」と答える。

「最近また仕事が忙しくなってきましたもんね。クリスマス用の展示が終わればすぐ正月だし、この時期はイベント盛りだくさんで慌ただしいですよね」

そう言いながらも中山の視線は皿の上のコロッケに注がれている。中山の方に皿を差し出すと、遠慮する様子もなくコロッケに箸をブスリと突き刺した。

「パン屋さんもこの時期は忙しいみたいですね。要二くんが最近休みなしだって言ってました」

確かに弘毅のパン屋にもクリスマス用にジンジャークッキーや、ドライフルーツを練り込んだシュトーレンが並んでいた。他にも生クリームを渦高く載せ、色とりどりのアラザンをトッピングし、クリスマスツリーに見立てたシュークリームなども、新作として店に出ている。その効果か以前よりもさらに客足が伸びているようだ。

中山も夏に訪れて以来パンを気に入ってくれたようで、たまに『石森』に足を運んでいるらしい。

「この間はタウン誌の取材も受けたそうですね。なんだかあっという間に人気店になりましたね」

『取材』という単語に、悠の指先がピクリと動く。意識せずともあの女性——佐伯のことが脳裏に蘇《よみがえ》る。

あの日、佐伯が帰った後、弘毅の部屋で彼の学生時代の写真を見せてもらった。紺色の学生服に身を包む弘毅は当時から長身で大人びて見えたが、やはり今よりずっと若かった。ただ無愛想なのは昔も今も変わらないようで、どの写真も不機嫌そうにむっつりと口を引き結び、眉間に皺を刻んでいた。

弘毅は昔の写真を見られるのが恥ずかしいらしくさっさと片付けようとしていたが、悠が楽しそうにページを捲《めく》るのを見て諦《あきら》めたようだ。隣に座り悠の質問に答えてくれた。

初めて見る高校生の弘毅は初々しく、知らなかった彼の過去を知ることが出来て嬉しかった。しかしそれもアルバムを捲っていき、あることに気付くまでだった。

文化祭、部活、修学旅行……様々な場面で撮られたにもかかわらず、弘毅と一緒に佐伯が写っていることが多かったのだ。

佐伯も昔から美人でスタイルがよく、長身の弘毅の隣に立っても引けを取らない。それどころかとてもお似合いの二人に見えた。

――やっぱり二人の関係が気になる。

でも弘毅にその疑問をぶつけることは出来なかった。

おそらく聞けば教えてくれるはずだ。彼は嘘をつかない人だから、もし昔付き合っていたのだとしても、ちゃんとそう答えてくれる。

だからこそ、聞けなかった。

黙りこくった悠に、弘毅が訝《いぶか》しげな顔を向けてきた。

どうかしましたか、と聞かれても、何も言うことが出来ず、悠は言えない言葉の代わりに弘毅の肩にそっと頭をもたれかけた。弘毅は突然身を預けられて驚いたようだったが、すぐに腕を回し抱きしめて優しいキスをしてくれた。

――たとえ過去に誰と付き合っていようが、今は僕を見てくれている。

弘毅に抱きしめられると不安が飛んでいき、彼の想いが伝わってきて安心出来た。

――でも……。

「あ、平岡さん、今日の夜空いてます？　いい感じのカフェ見つけたから、皆で行こうって話してて」

その言葉に物思いにふけっていた悠は現実に引き戻された。

「……せっかくだけど、今日は用事があるから」

悠が断ると中山は残念そうな顔をしたが、それ以上強引に誘ってくることはなかった。

「よし、午後も頑張るぞ！」

中山は綺麗にランチを平らげるとトレイを持って立ち上がる。もうすぐ昼休みも終わりの時間だ。

悠も共に立ち上がり、先を行く小柄な中山の後ろ姿を見やる。

――あんなに食べているのに……。

中山は食べたい物を食べたい時に食べたいだけ食べている。それでも体型が変わらない。おそらくそういう体質なのだろうが、今の悠にはとても羨《うらや》ましく思えた。

明日カフェの感想教えますね、と楽しそうに言う後輩に頷き返しながら、悠はひっそりとため息を零した。

その日の夕方。

樋口たちとカフェへ向かう中山と会社の前で別れ、悠は一人で駅前に向かった。いつもはこのまま帰路についていたが、悠は改札口の前を素通りし、近くのビルへと入っていく。そしてエレベーターで三階まで上がり、自動ドアをくぐった先にある受付で会員証を見せ、更衣室へと向かった。

「今日は空《す》いてるな」

室内は灰色のロッカーがずらりと並び、空いた真ん中のスペースに長イスが三つ置かれている。奥には簡単なシャワールームも備えつけられている。

悠は割り当てられたロッカーを開けると中からジャージーを取り出し着替え始める。シューズも履き替え、タオルとドリンクを持って更衣室を後にした。

「よし、やるか」

二年前からこのジムの会員になっており、日頃の運動不足解消の目的で週二、三回は会社帰りに訪れ、二時間ほど汗を流していた。しかし最近は仕事が立てこんでいたこともあり、めっきり足が遠のいてしまっている。

悠は気合いを入れるとまずはランニングマシンで軽くジョギングを始める。四十分ほど走った後は筋トレ。特に腹筋に重点を置いた。そうして一通りのトレーニングを終えた頃には、全身から汗が噴き出していた。

「今日はこのへんでいいかな」

小さく独り言を呟き、タオルで汗を拭いながら更衣室に戻る。奥でシャワーを浴び再びスーツに袖を通すと、時刻は夜九時を過ぎていた。

悠は電車に揺られながら、パン屋に顔を出すかどうか考えた。

少しの時間でいいから会いたいという気持ちはある。でもこんな時間になってしまったし、何より弘毅の周りには悠にとって誘惑がいっぱいだ。

悠は会いたい気持ちをグッと我慢した。

——今日はやめておこう。

行ったら弘毅はデザートパンをすすめてくる。こんな時間に甘い物を食べたらますます太ってしまう。ダイエット中に甘い物は大敵だ。

「はぁ……」

悠の口から無意識にため息が出てしまう。

食事に気を遣い毎日ジムにも通っているのに、増えた体重はまだ少しも減っていない。

——このままじゃ駄目だ。

弘毅の周りにいる女性は佐伯だけではない。店に来る客も女性が多い。弘毅はやや強面だが男らしく整った顔立ちをしている。そして若くして自分の店を持ち、今では取材を申し込まれるほどの有名店の店主になっているのだ。そんな上等な男を女性が放っておくはずがない。

――それに比べて僕は……。

出会った頃よりも太り、弘毅に好きになってもらえた自分とは違う体型になってしまっている。このまま太り続けたら、いつか弘毅は自分から離れていくのではないだろうか。そして佐伯のような綺麗な女性が彼の隣で微笑《ほほえ》むのだ。

悠はそれ以上考えたくなくて頭を振る。

自分にとって弘毅はもう、なくてはならない存在になっている。とてもとても大切な人。誰にも渡したくない。そのためならどんな努力だって惜しまない。

悠は自宅の最寄《もよ》り駅に降り立つと、商店街を抜けパン屋へ続く路地も通り過ぎる。

彼に好きでいてもらうために、あえて今は我慢だ。

悠は決意を新たにダイエットに取り組むことを誓った。

それから一ヵ月が過ぎた。

悠はダイエットに励んだ結果、二キロ減量することに成功していたが、そこからなかなか体重が落ちず悩んでいた。

デザートパンをはじめ甘い物は食べないようにし、弘毅に会う時間を減らしてまでジムに通っているのに、体重はまだ元通りになっていない。

——後どれだけかかるんだろう。

こんな苦行のような生活が。

早くダイエットを終わらせたい悠は、普段の食事の量をかなりセーブするようになった。当然必要カロリーが足りず、日に日に元気がなくなっていく。悠自身は気付いていなかったが、会社でもため息をつくことが多くなっていた。

「平岡さん、大丈夫ですか？」

「ん？　ああ、ちょっとぼうっとしてた」

呼びかけられて顔を上げると、書類を手にした中山が心配そうな顔でデスクの横に立っていた。

「会議の資料、用意出来たのか。確認するよ」

手を伸ばして中山から書類を受け取るが、もう用はすんだというのに、中山はそこを動こうとしない。

「中山？」

訝しんで後輩を見上げると、中山は何か言いたそうに口を開き、けれど何も言うことなくキュッと口を閉じ、自分の席へと戻っていった。その様子に少々引っかかりを覚えたが、何かあれば言ってくるだろうと追及しなかった。

悠は書類のページを捲るが、なぜか文字の上を視線が滑《すべ》ってしまい集中出来ない。何度も何度も同じところを読み返した。

最近、こういうことがよくある。

注意力散漫で仕事がはかどらない。もしかしたら糖分を補給していないため、頭が働かないのかもしれない。けれどここで甘い物を食べたら、これまでの努力が無駄になってしまう。

悠は淹《い》れたまま手つかずだったコーヒーに手を伸ばす。もうすっかり冷え切ったコーヒーを一口飲み、顔をしかめた。

——苦い。

ダイエット中だから砂糖もミルクも入れていない。久しぶりのブラックコーヒーは、デザートパンの甘さに慣れた悠の舌に苦みだけを残した。

——今日はパン屋に行こうかな。

甘い物は食べられないが、弘毅の顔を見て言葉を交わせば元気が出る気がする。そうしたらまたダイエットを頑張れると思った。

悠はその後、少し残業してなんとか仕事を終わらせると、久しぶりにパン屋へ行くため足取り軽く駅へと急いだ。ところが改札を抜けようとしたところで、背後から呼び止められた。

「平岡さん」

反射的に振り返ると、グレーのパンツスーツにトレンチコートを着た佐伯が立っている。まさかこんなところで出くわすとは思ってもいなかったので、驚いてしまった。

「……偶然ですね」

しばしの沈黙の後、悠は愛想笑いを浮かべながらそう言った。すると彼女は笑顔で軽く左右に頭を振った。

「偶然じゃありません。平岡さんの会社に伺おうとしてたんです。これから電話をかけようと思ってたところだったんですけど、よかった、すれ違いに……」

そこまで言ったところで後ろから来た男性が佐伯にぶつかった。その弾《はず》みで肩からかけていたバッグが落ちて中身が散乱する。相手の男性は一瞬立ち止まったものの「すみません」と小さく呟いて、さっさと行ってしまった。

混雑する改札前で、散らばった荷物を焦って拾う佐伯を悠も手伝う。最後にボールペンを渡そうとして、その手が止まった。

「ありがとうございます。……平岡さん？」

ハッと我に返り、ショートケーキのチャームがついたボールペンを佐伯に渡す。

「可愛《かわい》いボールペンですね」

「ショートケーキが好きで、つい買ってしまったんです」

その返答に、なんだかモヤモヤとしたものが込み上げてくる。

甘い物が好きというだけで弘毅に好きになってもらったわけではないと思うが、それでも大の甘党だったから、彼と知り合うことが出来た。世の中には甘党の人なんて数え切れないほどいるというのはわかっているが、彼女もそうだったらと思うと心中穏やかでいられなくなる。そしてそんな小さなことさえも不安に思ってしまう自分に呆《あき》れてしまう。

「少しお時間ありますか？　『石森』の記事が載ったタウン誌が出来上がったのでお渡ししたいんです」

「わざわざそのためにここまで？」

佐伯ははっきりとは言及《げんきゅう》せず微笑みを浮かべた。

本音を言えばあまり彼女と関わりたくなかった。佐伯に何かされたわけではないが、どうも弘毅との関係を邪推《じゃすい》してしまい、勝手に彼女に嫉妬じみた感情を抱いてしまっている。

実はあの取材以来、佐伯とは何度か顔を合わせていた。初めのうちは記事の確認のため弘毅の店に来ていたようだが、それが終わった後も悠が会社帰りに立ち寄ると、三回に一回は佐伯と出くわした。悠は最近は週に二、三回しか訪れていないから、彼女の方がほぼ毎日来ているのかもしれない。前に何かの折に聞いた時、佐伯の自宅は弘毅のパン屋がある駅から電車で三十分以上離れた場所だと言っていたから、わざわざ通ってきていることになる。

それほど弘毅の作るパンが気に入ったのか、はたまた別の目的があるのか……。

そんなふうに勘ぐってしまう理由は、佐伯は来店すると弘毅を呼び出し、二人で親密そうに話している光景をよく目撃したからだ。純粋にパン目当てなら、そんなに頻繁に店主を呼び出さなくてもいいはず。それなのに必ず弘毅を呼び出すということは……悠でなくてもあやしいと感じてしまうだろう。そういったこともあり、佐伯のことをあまり快くは思っていなかった。

しかし、わざわざここまで出向いてくれた人を無下には出来ない。それに一日でも早く、弘毅の店が取り上げられた記事を読みたいという気持ちもあり、悠は頷いた。

「この辺りに、落ち着いて話せるお店はありますか?」

ところがタウン誌を受け取ってそれで終わりかと思ったのに、佐伯は記事の内容も確認してほしいと言ってきた。仕方なしに以前、中山や樋口たちとランチをした近くの喫茶店に向かう。幸いにもそれほど混み合っていなかったため、店につくなりすぐ席へと案内された。ホットコーヒーを二つ注文し、それが届く前に佐伯がバッグからタウン誌を取り出す。

「付箋《ふせん》が挟んであるところが『石森』のページです。ご確認ください」

受け取るとすぐさま雑誌を開く。記事は意外にも大きく、見開きの二ページを使って取り上げられていた。

内容は店主である弘毅へのインタビューと、常連客として悠が話した内容も少し書かれている。

「僕の方は何も問題ありません」

「よかった。あの時急いでお話をお聞きしたから、ちゃんと記事に出来てるか不安だったんです」

「とてもいい記事になってると思いますよ」

弘毅へのインタビューの内容もいいし、写真もとても綺麗に撮れている。申し分のない仕上がりになっているように感じた。

「ありがとうございます。……でもあの石森くんがパン屋さんになってるなんて知らなかったから、本当にびっくりしたんですよ。石森くん、学生時代は無口で無愛想だったから。嫌われてるわけじゃないんだけど、周りから一歩距離を置かれてる感じだったんです。自分のことも話したがらないから、何度聞いても高校卒業後の進路も教えてくれなくて。実家のパン屋さんを継いでるなんて意外でした」

「……そうなんですか」

弘毅の過去を知りたい気持ちはある。でも彼女から昔の様子を聞きたくない。

しかしそんなことを率直に口にするわけにもいかない悠は、気のない相づちを打つ。しかし彼女は悠の反応に気付かないのか、なおも話を続けた。

「石森くんから聞いたんですけど、お店の改装を平岡さんが提案したそうですね。改装前の店内の写真を石森くんに見せてもらって、同じお店なのに少しの工夫でこんなに素敵に出来るんだって感動しました」

早口で話し続ける佐伯に、悠は愛想笑いを返す。コーヒーを飲みながら、半分以上聞き流していた。

――面白くない。

彼女の話を聞きながら何度もそう思ってしまう。口数の少ない悠とは対照的に、佐伯はしばらく一人でしゃべっていた。

やっとコーヒーを飲み終わったかと思ったら、さらにおかわりを注文しようとしたので、さすがに悠も口を挟んだ。

「この後、寄るところがあるので」

「あ、すみません。長々とお引きとめしてしまって」

悠が伝票を手に立ち上がると、佐伯が慌てて財布を出したが「タウン誌をいただいたお礼です」と言って二人分の会計をすませた。

佐伯と共に喫茶店を出て駅へと向かい、改札を抜けたところで彼女と別れていつもの電車に乗る。なんだかドッと疲れが押し寄せてきた。空いていた座席に座り腕時計で時間を確認すると、ギリギリ営業時間内にパン屋につけそうで安堵する。

ようやく肩の力が抜けたからだろうか、先ほどの佐伯に対する自分の態度が急に恥ずかしく思えてきた。

彼女は何も悪いことを言っていないし、していない。一人で勝手に対抗心を燃やして彼女に接してしまったのは悠だ。そんな大人げない自分に嫌気がさす。

考えているとますます落ち込んでいきそうで、悠は気持ちを切り替えるべく、地元の駅に到着すると急ぎ足で弘毅の店へと向かう。そのままの勢いで店のドアを開けると、まずレジに立つ要二が悠に気付き、「いらっしゃいませ」と声をかけてきた。悠は軽く会釈を返し、店内を見回す。

ここに来るのは五日ぶり。この前に来た時も誘惑に負けそうになるため、並んでいるパンはあまり見ないようにしていたが、今日は久しぶりに一つパンを買うことにした。もちろんデザートパンは禁止しているから惣菜《そうざい》パン限定だ。それでも弘毅の焼いたパンが食べられると思うと心が弾み、悠はトレイを持ってゆっくりパンを吟味しはじめた。

「お久しぶりです」

「お疲れ様」

ようやくレジ打ちを終えた要二がカウンターを出て傍にやってきた。最近悠があまりパンを買っていないことに気付いていたのだろう。トレイを持つ悠を見て嬉しそうな笑みを浮かべた。

「クリスマスが近いから、色々と限定のパンが出てるんですよ」

要二は新作のパンを一つずつ丁寧に説明してくれる。

「でもやっぱり平岡さんにおすすめなのはデザートパンですね。このパン可愛いでしょう？　サンタさんからのプレゼントがコンセプトで、プレゼントの箱に見立てたキューブ型のパンの中に、カスタードクリームやチョコクリーム、イチゴジャムとかが入ってるんですよ」

「面白いね」

以前ならここですぐに手を伸ばしていたところだが、食べたい気持ちをこらえ、そう言うだけにとどめた。そんな悠を見て、要二が怪訝《けげん》な顔をする。

「お気に召しませんでしたか？　最近の売れ筋なんですけど……」

「いや、そういうわけじゃないよ。ただ今日はデザートパンじゃなくて惣菜パンが食べたい気分なんだ」

悠がそう答えると、要二はホッと胸を撫で下ろした。そしてその言葉を疑うことなく、おすすめの惣菜パンを紹介してくれ、悠はその中からベーコンエピを選びレジへと向かった。

「百三十円です」

要二に会計をしてもらいながら奥の厨房《ちゅうぼう》を見ると、弘毅と目が合った。店に顔を出せない時はメールや電話でやり取りしていたが、電話越しに声を聞くのと実際に顔を見るのとでは全然違う。作業の手を止めて、こちらに向かって歩いてくる恋人を見て胸がドキドキした。

付き合って四ヵ月経っても、会うたびに好きになっていく気がする。こんなふうに思うのは彼が初めてだった。

「こんばんは。この後、うちに寄っていきませんか」

弘毅はいつものように家に誘ってきた。悠がどうしようか一瞬悩みつつも頷くと、弘毅がわずかに口元を綻《ほころ》ばせる。

「もうすぐ閉店なので、先に上がっていてください。すぐに行きますから」

「そうさせてもらうよ」

悠は厨房を抜け、住居部分へ続く階段を上がる。弘毅に遠慮なくくつろいでほしいと言われているので、リビングに入るとコートを脱ぎ、キッチンでお湯を沸かし始めた。教えてもらった棚からココアを取り出そうとして、カロリーのことを考え紅茶に変更する。砂糖やミルクを入れないストレートティーにし、弘毅と自分の分を淹れソファへ移動した。

「お待たせしました」

弘毅がすぐに上がってきて、部屋にいる悠を見て表情を緩ませる。

「晩飯、パンでいいですか？」

弘毅は携えてきたバスケットの中から、焼きそばパンやサンドウィッチなどの惣菜パンを取り出しテーブルに並べた。

「残り物ですけど、好きなだけ食べてください」

弘毅はそう言ってパンをすすめてくれた。本当はとても食べたいが、惣菜パンといえどパンはけっこうカロリーが高い。悠は心の中で葛藤《かっとう》し、最終的に首を左右に振った。

「ここに来る前に夕食を食べてきたんだ。だからもうお腹いっぱいだ」

弘毅に小さな嘘をついてしまったが、こうでも言わないとなぜ食べないのか不審がられる。ダイエットしていることを隠している悠は追及されると都合が悪い。

「そうだったんですか。ならデザートパンはどうですか」

今度はさっき要二にもすすめられた、キューブ型のパンを示される。

「中身はカスタードクリームです。これはチョコで、こっちは小倉《おぐら》と生クリームが入ってます」

どうぞ、と差し出され、危うく手に取ってしまいそうになった。悠は生唾《つば》をゴクリと飲み込むと、未練を断ち切るようにデザートパンから視線を逸《そ》らす。

「本当に腹がいっぱいなんだ。それに今日は会社で甘い物をたくさん貰ったから」

「……そうですか」

悠が再度断ると、弘毅が低いトーンでそう返してきた。チラリと様子を窺うと、精悍《せいかん》な横顔に落胆していような陰が落ちている。その残念そうな顔を見て胸がチクリと痛んだ。どことなく気まずい空気を感じ、悠は話題を変えようと思いつきで口を開く。

「お店の方は順調？」

「はい。おかげさまで」

「タウン誌にも取り上げられて、ますます忙しくなるんじゃないか？」

「そうだと嬉しいですね」

しかし自分で振った話題だというのに、ふいに佐伯のことを思い出してしまい気分が沈む。

「……佐伯さんとはその後、連絡を取り合ってるのか？」

「佐伯？」

聞かないつもりだったのに、ついポロッと質問が口から零れ落ちていた。今さら取り消すことも出来ないので、悠は弘毅の答えを戦々恐々としながら待つしかない。

弘毅の反応を窺うと、眉根を寄せスッと目を細めた。まるで怒っているかのような表情に、一瞬ヒヤリとする。聞いてはいけないことだったのだろうか。

「店で会うくらいです。……佐伯のことが気になるんですか？」

「気になるっていうか……」

悠は言葉を濁す。

彼女と弘毅の関係が気になっているのは確かだ。けれどそれを正直には言いづらかった。嫉妬深い男だと思われ面倒くさがられるのは嫌だ。

　すると弘毅がさらに答え難い質問をしてきた。

「佐伯のこと、どう思います？」

「どうって……。綺麗な人だよね」

　なんと答えれば正解なのかわからず、とりあえず他の人も言うであろう外見から受ける印象を口にした。好きか嫌いかという感情論はあえて言わない。

　それにしても、いったいどうしてこんな質問をしてきたのだろう。その意図がわからず混乱していると、弘毅が突然手を伸ばし頬に触れてきた。脈絡のない行動に少し驚いてしまう。

「……何？」

「悠さん」

　自分を見つめる瞳はどこか切羽詰まったような焦りが窺える。どうしてそんな顔をしているのかわからない。だからどう反応したらいいのかもわからなかった。

「弘毅く……っ」

　弘毅の手が後頭部に移り、そのまま彼の方へと引き寄せられた。体勢を崩しそうになり、悠は咄嗟《とっさ》に弘毅の胸に手をつき腕を突っ張った。

　決して抱きしめられたくなかったわけではない。ただ倒れ込んでしまって弘毅の上に乗り上げるような体勢になった時、重いと思われたくなくてとった行動だ。

しかし弘毅は拒絶されたと思ったのか、悲しそうな顔をした。

「最近、様子がおかしいですよね」

「え……」

「前は仕事帰りによく立ち寄ってくれていたのに、最近はあまり来てくれない。来てもほとんどパンを食べないじゃないですか」

「それは……」

なんの説明もなく会う回数が減ったら、確かに不審に思うだろう。悠はどう誤魔化《ごまか》そうか逡巡《しゅんじゅん》した後、一番違和感のない理由を口にした。

「仕事が忙しく……」

「本当ですか？」

最後まで言い終わらないうちに指摘され、一瞬言葉に詰まってしまう。その隙に弘毅が先を続けた。

「今日、悠さんが来る前に中山さんが来たんです。彼から色々と話を聞きました」

その言葉に悠の表情が固まる。ぎこちない動きで弘毅を見やると、眉間に深い皺を刻んでいた。

「中山に何を聞いたんだ？」

「確かに今は仕事が少し忙しいそうですけど、残業はあまりしてないそうですね。それに職場の人の誘いも断ってるって言ってました。初めは恋人とデートをしていると思っていたらしいです。でも、なぜか日に日に元気がなくなっていく悠さんを見て心配になって、それで何か知ってるんじゃないかとオレのところに相談に来てくれたんです」

まさか中山がそんなに自分の様子を気にかけていただなんて、思いもしなかった。

弘毅はじっと答えを待っている。悠はどう説明しようか頭を悩ませた。二人の間に沈黙が落ちる。

「……オレのことが嫌になったんですか」

「は？」

「オレと付き合ってみて、だけどやっぱり嫌になったから、だから避けているんじゃないですか」

「何を言ってるんだ。そんなわけないだろ」

弘毅が思った以上に今回のことを深刻にとらえていることを知り、悠は慌てて否定する。けれど弘毅は納得しきれないようだ。

「ここ数日ずっと考えてたんです。そして気付いた。あなたの態度が変わったのは、佐伯と会ってからだと。あなたは元々男を好きになる人じゃない。オレと付き合ってみたけれど、佐伯と出会ったことで、やっぱり女性の方がいいと思い始めたんじゃないですか」

「な……っ」

とんでもない誤解に言葉が出てこない。そんな悠を見て、弘毅がさらに声を低くして尋ねた。

「……今日、女性と会っていたそうですね」

「その女性は佐伯さんだ」

会社の近くで会っていたから、おそらく佐伯と一緒にいるところを中山に見られたのだろう。別にやましいことなど何もない。相手が佐伯だとわかれば全ての誤解は解けるはず……そう思ったのに、弘毅は一瞬驚いたような顔をした後、燃えるような色を湛《たた》えた瞳を向けてきた。

鋭い眼光に射貫かれ、息を呑む。

次の瞬間、弘毅に手首を摑《つか》まれそのまま後ろへ力業《ちからわざ》で押し倒された。

ソファの上だったことで無防備に倒れ込んでも痛くはない。しかし突然のことに状況がすぐに理解出来ず、悠は目を白黒させた。

「な、何を……っ！」

するんだ、と続くはずだった言葉は弘毅によって遮《さえぎ》られる。上にのしかかり、さらに距離を詰められ強引に唇を奪われた。悠が混乱している間に、弘毅が胸元をまさぐりシャツのボタンを外そうと手を動かす。

「んぅっ、あ……っ」

悠はびっくりして逃れようともがくが、弘毅の方が体格で勝っているため、少しの抵抗くらいではビクともしない。どうしようかと考えている間にも、弘毅はボタンを外した隙間から手を差し込み素肌をまさぐってきた。

久しぶりに感じる弘毅の体温。

手の平で撫でられただけで身体が震え、無意識に力が抜けていく。何も考えられなくなる。

もっと触れてもらいたい。もっと近くで熱を感じたい。

悠は心のまま弘毅の背に腕を回そうとした——その時だ。

「やめっ！」

弘毅の手が胸元から下へと下がっていき、腹の上を彷徨い始めたのだ。身体は考えるよりも先に動き、気が付いた時には力いっぱい弘毅の身体を押し返していた。

弘毅ほどではないにしろ、悠も男だし、最近のジム通いもあって筋力がついていたようだ。思い切り胸を押され、弘毅は軽く咳き込んでいた。

「ごめ……」

たるんだと気にしていた腹の辺りを撫でられ驚いただけで、嫌だったわけではない。それをきちんと伝えなくてはならないのに、この期《ご》におよんでまだ見栄っぱりな自分は、太ったということを正直に打ち明けられない。

ただオロオロするしかない悠に、弘毅が冷たい声音で告げた。

「やっぱりオレに触られるのが嫌なんですね」

「ちが……」

いつもと違う声のトーンに、心臓がギュッと縮こまる気がした。瞬時に弘毅を怒らせてしまったということを悟る。

弘毅は青ざめて硬直する悠から身を離すと、床にドカリと腰を降ろし背を向ける。

「弘……」

「すみません、今日はもう帰ってください」

名前すらまともに呼ばせてもらえなかった。

悠はソファの上に身を起こす。ここからでは片膝を立て俯《うつむ》いている弘毅の顔は見えない。

悠はもう見栄とかプライドとかどうでもよくなった。きちんと理由を説明して、彼の怒りを解きたい。けれど今はそれすらさせてくれないだろう。全身から拒絶のオーラを感じる。

悠はこれ以上弘毅の不興《ふきょう》を買いたくなくて身支度を始めるが、指が震えてなかなかボタンがはめられず時間がかかってしまった。その間も弘毅は一言も発することはなく、身動《みじろ》ぎ一つしない。

悠は服装を正すと鞄《かばん》を持ち上げる。何か言わなくてはと思うのに、この場に適当な言葉が思いつかなかった。

「……また来るよ」

こんなことで彼との関係を終わりにしたくない。

その思いを込めて口にした。悠自身もひどく混乱していて、それだけ言うのにもかなりの勇気がいった。しかし弘毅は無言のままだ。

気を抜くと泣いてしまいそうになり、悠は唇を引き結びリビングを後にする。階段を下り厨房を横切って、店舗入り口から外へ出た。

住宅街のため、辺りは暗く静まりかえっている。その静寂の中、自分の歩く靴音だけが響き渡る。

弘毅は最後まで何も言ってくれなかった。

――どうしてこんなことになってしまったんだろう。

大好きな恋人に、ずっと好きでいてほしくて始めたダイエット。それなのにそれを言わなかったがために変な誤解を生んで、ケンカにまで発展してしまった。

「どうして上手くいかないんだろう……」

思わず口をついて出た独り言。

弘毅と口論してから一週間が経つ。その間彼からの連絡はなく、また悠からも連絡をしづらくて、店にも顔を出していなかった。

もし弘毅が自分に対し、関係を修復することが不可能なほど怒っていたら……。もし別れを切り出されたら……。そう思うと怖くて会いに行けない。

この一週間、悠は自分を責め続けた。

どうして素直にダイエットをしていると言えなかったのか。一言説明しておけばこんなふうに関係がこじれることはなく、こんなに悩むこともなかった。こんなに苦しい思いをすることもなかったはずだ。馬鹿な自分が恨めしい。

けれどどんなに落ち込んでいても、プライベートでの悩みを仕事には持ち込めない。悠はつとめて平静を装い仕事に取り組んだ。

幸いにもクリスマスが近づくにつれ慌ただしくなってきている。仕事をしている間はほんの少しだけ気が紛れる。悠は心の安寧《あんねい》のため仕事に打ち込むようになっていた。

「平岡さん、これ見てもらえますか」

悠がクリスマス展示についての手配をしていると、中山が紙の束を差し出してきた。なんだろうと思いながら手に取る。

「パン屋・石森のクリスマス企画を考えてみたんです」

佐伯のことや弘毅とケンカをしたことに気を取られてすっかり忘れていたが、中山と石森のクリスマス企画を立てようと話していた。

「……余計なお世話でしたか？」

黙ったままの悠を見て不安になったのか、中山がおずおずと聞いてきた。その言葉にハッと我に返る。

「そんなことはない。弘毅くんや要二くんも店のことを考えてもらえて喜ぶと思う。今は仕事で手いっぱいだから、後でゆっくり見させてもらうよ」

中山はホッとしたように肩の力を抜く。

「せっかくクリスマス限定の新商品を出してるのに、飾りつけがいつもと一緒じゃあもったいないですもんね。この間行った時に要二くんにそのことを言ったんですけど、店長さんも要二くんもそういうのに疎いらしくて」

「男はイベント事に無頓着《むとんちゃく》な人が多いからね」

「特に店長さんみたいな見るからに硬派な人は、クリスマスなんて気にしなさそうですよね。っていうより、仕事柄気にはするけどプライベートじゃ気にもとめないタイプかな」

この流れから弘毅のことを話題に出されるような予感はしていたが、心構えをしていてもやはり彼のことを人から聞くとドキリとしてしまう。

会わなくなって幾日も経っていないが、弘毅が今どうしているのか気になって仕方ない。悠は我慢しきれず、内心の動揺を隠してついでのように聞いてみた。

「……パン屋はどんな様子？　最近店に行ってないんだ」

「相変わらず忙しいみたいですよ。クリスマスも近いですし」

「……そうか」

店が繁盛するのはいいことだ。無理をしていないかが心配だが、弘毅の近況を聞けて少し胸のモヤが薄れた。

それに店が忙しいというのなら、毎日欠かさず来ていた弘毅からの連絡があの夜以来途絶えたのも、そのためかもしれないと思えた。

きっとそうだ。そうでなければ困る。自分に連絡出来ない別の理由があるなんて考えたくもない。

それだけ弘毅の存在は悠の中で大きくなっていた。

気を抜くと沈みそうになる気持ちを、少しでも平素の通りに保とうと努力していると、悠の事情を知らない中山がさらに不安になるようなことを口にした。

「パンが目当てのお客さんももちろん来ますけど、店長さん目当ての女性のお客さんも多いみたいですよ」

そう言うと、机の中をゴソゴソと探しタウン誌を取り出す。

「ほら、こんなにドーンと大きく写真が載ってるじゃないですか。特集も『イケメン店主のいるお店』だし、これを見て店長さんに会いたくて来る人がいるって、要二くんが言ってました」

実物も男前だけどよく撮れてますもんね、と写真を眺めながら中山は羨ましそうな顔をする。

中山が言う通り、パンの置かれた棚をバックに腕組みをして立つ弘毅は、男から見ても文句なしに格好いいと思う。撮影中は終始怖いくらいの仏頂面をしていたのに、こうして見ると、その不機嫌な表情も硬質な容姿にぴったり合っていて男の魅力を引き出している。

記事を見たことでこの写真を撮った時のことを思い出し、悠の頭の中に、弘毅と佐伯の姿が浮かぶ。

――やっぱり彼女は弘毅くんのことが好きなのかな。

学生時代の写真を見る限り仲がよさそうだったし、何より佐伯と弘毅の遠慮のない会話も疑ってしまう要因になっている。高校を卒業してからは連絡を取り合っていなかったようだが、今回取材を通して数年ぶりに再会し、人気店の店主として精力的に仕事をこなしている弘毅を見てまた好きになったのではないだろうか。だから取材を終えたのに何度も通っているのでは……。

そこまで考えた時、ある最悪な想像が頭を過《よ》ぎった。

――もし弘毅くんも同じ気持ちになったらどうしよう。

会わない間に、近くにいる佐伯に心がわりされたら……。

彼から連絡がないこともあり、悠は一気に不安になってきた。

気持ちを落ち着けようと、無意識に胸の辺りを手で押さえる。

――思い過ごしだ。

ちょっと彼と上手《うま》くいっていないから、変なことを考えてしまっているだけ。自分で悪い方へと考えているだけだ。そんなに不安なら本人に聞けばいい。そしてはっきり否定してもらえば気持ちが晴れる。

この間言い争った経緯があるため少々気まずいが、仕事が終わったら会いに行こうと決め、まだ何か話している中山に仕事に戻るよう促す。そして悠も残りの仕事を片付けるため、パソコン画面に視線を戻した。


「間に合うかな」

悠は鞄を小脇に抱え直し腕時計を確認する。閉店時間まであと十分ほどしかない。悠は小走りで駅の階段を駆け上がった。どうしても今日中に弘毅に会って確かめたいのだ。そうしないと悪いことばかり考えて、会いに行く勇気がなくなってしまう気がする。

悠はシャッターの下りた商店街を抜け、細い路地を曲がり『石森』と書かれた木製の看板が立てかけられた店の前までできた。

「よかった、間に合った」

急いだため弾んだ呼吸を整え、落ち着いたところでドアまで歩み寄る。近づくにつれ、窓ガラス越しに店内の様子が見えてきた。

要二は今日は休みなのか、弘毅が自ら店内を行き来し棚に残ったパンを下げている。どうやら閉店作業をしているようだ。客の姿はない。仕事がなかなか片付かなくてこんな時間になってしまったが、人がいないのは幸いだ。これで気兼ねなく話が出来る。

弘毅と会うのも話をするのもあの言い争った日以来だ。弘毅が自分を見てどんな反応をするか不安はあったが、このまま時間だけ過ぎてもいい方向へはいかないだろう。悠は勇気を出してドアのノブを回し、そっと押し開いた。

「こん……」

「教えてくれたっていいじゃない。今付き合ってる人いるの？」

開いた隙間から顔を覗かせ声をかけようとした。しかし女性の高い声が耳に届き、言葉が途中で途切れる。

そっと中の様子を窺うと、背が高い弘毅の後ろに隠れて見えなかったが、棚の上を片付ける彼の後ろを華奢《きゃしゃ》な女性がついて回っていた。

「ちょっと、ちゃんと聞いてるの？」

「ああ」

「私、真剣なのよ」

「………」

弘毅と話しているのは佐伯だ。彼女は仕事の手を止めない弘毅に焦《じ》れたように詰め寄った。

会話の詳細は不明だが、佐伯の硬い声音に悠は息を呑む。

二人はまだ悠がいることに気付いていない。駄目だとわかっていても、二人の会話が気になってその場を動けなかった。

「私の気持ち、知ってるでしょ？」

その言葉に弘毅はようやく手を止め佐伯に向き直った。

「オレにどうしてほしいんだ」

「ちゃんと答えてほしいの。真面目に私の話を聞いて」

思い詰めた声。

彼女がどれほど真剣なのかが伝わってくる。

――やっぱり彼女は……。

佐伯は弘毅のことが好きなのだ。そして今日、ついに彼にそのことを伝えた。そんな場面に出くわすなんて、なんてタイミングが悪いんだろう。

胸がザワザワと騒ぐ。

弘毅はなんと答えるのだろうか。次に出るであろう彼の言葉が気になって仕方ない。

悠はギュッと目を瞑《つむ》り、耳をそば立てた。

「オレは…………」

そこから先が途切れる。

どうしたのだろうと訝しんでいると、視線を感じた。そっと顔を上げると、こちらを見つめている弘毅と目が合った。

「悠さん、いつからそこに……」

「えっ、平岡さんがいるの？」

弘毅の呟きに、近くにいた佐伯が驚いた声を上げ、こちらを振り向く。彼女は悠の姿を認めるとすぐさま顔を背けた。二人に盗み聞きしていたことがばれ、いたたまれなくなる。

「声をかけづらくて……。邪魔して悪かった。僕はもう帰るから」

悠はそのまま立ち去ろうとしたのに、後を追ってきた弘毅に捕まってしまった。

「待って、悠さん」

呼び止められ足が止まる。ゆっくりと振り向くと、弘毅が真っ直ぐな瞳でこちらを見つめていた。

「石森くん、私ももう帰るから」

店から出てきた佐伯が悠にチラリと視線を寄越し、目が合うと軽く会釈する。

「平岡さん、こんばんは。遅くまでお仕事お疲れ様です。私はこれで帰りますので、ごゆっくり」

佐伯はそれだけ言うと、弘毅にも最後に「じゃあね」と言い右手を振って去っていく。遠ざかる後ろ姿を確認し、弘毅が悠に向き直った。

「来ていたなら声をかけてくれればよかったのに」

悠は弘毅の顔をじっと見つめる。感情の窺えないポーカーフェースで言われたから、何を思ってそう言っているのか、本当のことはわからない。

久しぶりに会えて喜んでいるのかどうか、それすらもわからなくなってきた。悠はもうこの雰囲気に堪えきれなくなる。

「上がって行きますよね。先に部屋に行って……」

「いや、ちょっと寄ってみただけだから。もう遅い時間だし帰らせてもらうよ」

弘毅が最後まで言い終わらぬうちにそう告げていた。

部屋に誘ってきたということは、まだ自分に気持ちが残っているのか。いや、二人きりでじっくり話がしたかったのかもしれない。

──別れ話だったらどうしよう。

考えただけで背筋が凍った。

聞きたくない。彼の口から、この関係を終わらせるような言葉は聞きたくなかった。

弘毅がどう思っていようとも、自分は彼のことが好きなのだ。弘毅がもし他の人を好きになったとしても、それは変わらない。彼への気持ちは少しも曇っていなかった。

悠は弘毅が再び口を開く前に背を向ける。

「悠さんっ」

弘毅の声が背中にかかる。けれど今度は足を止めることなく悠は自宅へと急ぎ足で帰った。


「あれ、平岡さん？」

悠が昼休みを取りに外へ出ると、通りで声をかけられた。聞き覚えのある声に足を止める。声のした先で紺色のリクルートスーツを来た要二が、不安そうな顔でこちらを見ていた。

「……要二くん？」

悠が呼びかけると、彼はホッとした顔をした後、いつもの人懐っこい笑みを浮かべて近づいてきた。

「人違いじゃなくてよかった。平岡さんの会社、この辺だったんですね」

「ああ、そうなんだ。すぐそこのビル。要二くんこそこの辺りに何か用事でも？」

「ええ。今日はこの近くで説明会があったんです」

悠の勤める会社周辺はオフィス街になっている。新卒を対象にした企業説明会があったのだろう。

要二は早め早めに就職活動を始めていたようだ。

「今から昼飯ですか？　もしよかったらご一緒してもいいですか」

要二の申し出に断る理由もないので頷き、近くの定食屋に向かった。

店に到着すると待つことなく席に通される。悠は焼き魚定食、要二はミックスフライ定食をそれぞれ注文し、出てくるまでの間、お茶を飲みながら久しぶりに話した。

「もうどういった仕事をしたいか決めてるの？」

「まだ決めかねてるんです。こうして説明会に行って話を聞くと、逆に色々と迷ってしまって……。こういう時、弘兄が羨ましくなります。自分のやりたいことがはっきりしてて、それに向かって頑張って、その努力が実を結んでパン屋になって。本当に尊敬してるんです」

弘毅の名前を聞くだけで、落ち着かない気持ちになった。

——何か聞いているのかな。

弘毅から自分のことを。そして佐伯とのことを……。

彼と佐伯が話しているところを目撃したのは一昨日のこと。弘毅からはその後、何度か電話がかかってきたが、なんの話をされるか考えたら出ることが出来なかった。でも電話に出なかったら出なかったで、今度はこんな自分の態度を弘毅にどう思われたか気になってしまい、この三日間、モヤモヤとした気持ちが晴れず夜もあまり眠れていない。

いつまでもこうしてただ逃げているだけでは、何も解決しないとわかっている。でも一歩を踏み出す勇気が出せないでいた。

──何も変わっていない。

彼と付き合う前も今も。臆病者の自分は逃げてばかりいる。

「平岡さんも仕事楽しそうだし。いつかオレにも見つかるといいなあ。天職ってやつが」

その時、ふとあることに気が付いた。

「要二くんは最近パン屋には行ってるのか？　就職活動が忙しくて、バイトしてる時間なんてないんじゃないか？」

「そうなんです。時間が取れなくて、出勤日数を減らしてもらってるんです。今日はこの後、夕方から出る予定ですけど、弘兄には迷惑かけちゃって」

「それじゃあ、弘毅くんが一人で接客もしてるの？」

要二はすまなそうな顔をして「はい」と頷く。

「前はオレ一人で大丈夫だったんですけど、今は常にお客さんが来てくれてますからね。もう一人、二人くらいバイトを増やした方がいいって弘兄にも言ってるんですけど、人見知りだからどうも乗り気じゃなくて」

「人見知りとかそういう問題じゃないと思うよ。弘毅くん一人で店を全て切り盛りすることは不可能だろ」

「まったくその通りだと思います。でもオレが何度言っても取り合ってくれなくて……」

要二は困ったように眉を下げた。そしてため息を一つついて、何か思いついたように「あっ」と小さく声を上げた。

「そうだ、平岡さんからも言ってください。オレだけでなく平岡さんからも言われたら、さすがに考えると思うので」

「僕が？」

「はい」

要二は良いアイデアだと言わんばかりの顔をしているが、悠はすぐに頷けなかった。彼に会うには勇気がいる。

悠が難しい顔をして考えていると、要二が重ねて口にした。

「どっちみちオレが就職したらもうバイトは出来ないわけだし、早めに新しいバイトの人に慣れてほしいんです。また無理して倒れたらって考えたら心配で……。お願いします」

悠も弘毅の身体のことは心配だ。前に一度、過労で倒れたところをこの目で見ているから、余計に心配になってきた。

それに、要二に再度頭を下げられてお願いされてしまうと断りづらい。悠が迷いながらも承諾すると、要二は心底ホッとした顔をした。

「じゃあ善は急げっていうし、今日の夕方お待ちしてますね」

「今日っ？」

そんなに急だとは思わなかった。でも後回しにしたところで事態は何も変わらないだろう。

「お、うまそう」

その時、注文していた定食が届いた。要二はフライが載った皿を見て独り言のように呟き箸を手に取る。つられて悠もメインの焼き鮭に箸をつけた。

悠は鮭を口に運びながら向かいに座る要二をチラリと見やる。人のよさそうな柔和な顔立ちをした男は、とてもあの無愛想な弘毅と従兄弟《いとこ》と思えない。

なんだか急に弘毅に会いたくなってきた。

「ん？　なんですか？」

悠の視線に気付き、要二が首を傾げる。

「……仕事が終わったら店に行くよ」

悠がそう約束を口にすると、要二が微笑む。

「お待ちしてます。きっと弘兄も喜ぶと思います」

悠は要二に緩く笑みを返す。彼の言う通り、自分が来店したことで弘毅が喜んでくれればいいなと思いながら、悠は残りのおかずを口に運んだ。

要二とは店の前で別れ会社に戻った。その後、定時退社を目指して精力的に仕事をこなし、無事に就業時間前に終わらせることが出来た。

ところが悠が帰り支度をして立ち上がると、電話の応対をしていた樋口に呼び止められた。

「平岡さん、お電話が入ってます」

「こっちに回してもらえるかな。誰から？」

「佐伯さんとおっしゃる女性の方からです」

「佐伯さん？」

相手の名前を聞いて、受話器を取ろうとしていた手が止まり、思わず聞き返した。樋口が訝しげな顔で頷き返す。

悠は動揺をおさめるため深く息を吸い、吐き出してから受話器を上げる。

「お待たせしました、平岡です」

『こんばんは、佐伯です』

やはり思った通り、彼女だった。

受話器を握る手に力が籠もる。

——いったいなんの用だろう。

会社にまで電話してくるなんて。

彼女の目的がわからないから少なからず警戒してしまう。

「先日はタウン誌をありがとうございました」

『こちらこそごちそうさまでした。平岡さんに取材のご協力をいただいたおかげで、いい記事になりました。ただ勝手に写真を使ったから石森くんには怒られちゃったんです。でもおかげで反響もいいんですよ』

当たり障りのない会話を交わしながらも、彼女の発する言葉一つ一つに神経を集中させる。

「パン屋の方も、ますます繁盛してるみたいですね。……それで今日はどういったご用件でしょうか」

『まどろっこしいのは苦手なので、単刀直入に言いますね。平岡さんとお話がしたくてご連絡したんです』

「話、ですか」

『ええ。もしご予定があいていたら、これからお会いできますか？』

彼女とは数えるほどしか会っていない。そんな顔見知り程度の自分に話とはなんなのだろう。彼女との共通点といったら弘毅のことくらいしかない。やはり話というのは彼のことだろうか。

——まさか知ってるのか？

自分と弘毅の関係を。知った上で話がしたいと言っているとしたら……。

喉が異様に渇いた。声が掠《かす》れてなかなか出てこない。悠は何度か咳払いすると、受話器を耳に当て直す。

——もう逃げない。

彼を失いたくない。悠は覚悟を決めた。

「大丈夫です。場所を指定していただければそちらへ向かいます」

佐伯が指定してきたのは、意外にも悠の住む街の最寄り駅だった。

先に駅の改札口についていた佐伯と合流した後、駅前にあるカフェに入る。注文したコーヒーが届くのを待っている間に佐伯が話し出した。

「急にお呼び立てしてすみません。さっきまで石森くんのお店にいたんです。でも石森くんちょうどお店にいなくてらちがあかないから、本人に直接聞いちゃえって思って」

自分と会う前に店に寄ってきたというのが引っかかる。

悠はほどなくして運ばれてきたコーヒーをブラックのまま一口飲み喉を湿らせると、さっそく口火を切った。

「お話というのは？」

必要以上に硬い声音で聞いていた。普段のよそ行きの笑顔すら作る余裕がない。冷たい態度を取る自分自身に驚くが、佐伯にはそれが伝わっていないのか、悠とは対照的に穏やかな表情でゆっくりとカップを置いた。

「石森くんから私のこと聞いてます？」

質問の意図を探ってしまう。どう言えば正解なのかわからない。いや、もともと正解などないのかもしれない。悠は正直に答える道を選んだ。

「高校時代の同級生だって言ってました。写真も見せてもらいました」

そう言うと、佐伯はわずかに頬を紅潮させた。

「やだ、石森くん写真見せちゃったんですか？　恥ずかしいなぁ、もう」

昔の写真を見られて恥ずかしがっているようで、彼女はしきりに髪の毛を撫でつけている。佐伯はハキハキした女性だが、こういう可愛らしい仕草も出来ることを初めて知った。

美人でしっかり者で、でもたまに可愛い一面を見せる女性。自分はただでさえ同性というハンデを負っているというのに、これでは勝ち目がないような気がした。

「それで、いったいどのようなご用件でしょう？」

「えっと……」

悠が進まない会話に焦れて再度先を促すと、佐伯はモゴモゴと口ごもった。話がしたくて呼びつけたはずなのに、なかなか話そうとしない。悠は彼女の次の言葉を待った。

佐伯はしばらく言いよどみ、やがて決意を固めたかのように悠を真っ直ぐ見つめてきた。

「平岡さんは私のことをどう思ってますか」

「佐伯さんのこと？」

「ええ」

真剣な眼差し。でも問いかけが抽象的すぎて、なんと答えたらいいのかわからない。

本心を言えばあまり快く思っていなかった。彼女自身が原因ではない。彼女が弘毅に近づくから面白くないのだ。だがそれをそのまま本人に伝えるのは、さすがにはばかられる。

悠は答えを曖昧に濁した。

「急に言われても……。まだ数回しか会ってないからわからないな」

様々な思いを押し込め表面上はにこやかにそう言うと、佐伯は強ばった表情を解いて詰めていた息を吐き出した。

「そうですよね。いきなりすみませんでした。実は石森くんにも色々と聞いてみたんですけど、なかなか教えてくれなかったから焦っちゃって」

「焦る？」

いったい何に焦るというのだろう。彼女の口から予想していなかった単語が出て、咄嗟に聞き返していた。すると佐伯は一瞬「しまった」といった顔をし、しばし間を置いた後、姿勢を正した。

「私、平岡さんのことが好きなんです」

何を言われたのかすぐには理解出来なかった。驚いて彼女の顔を見つめたが、佐伯は至極真面目な顔をしていて、冗談を言っているようには見えない。

「えっと……。僕？」

聞き間違いかと思ってもう一度確かめる。けれど間違いなどではなかった。

「はい。石森くんのお店で初めて会った時、すごく格好いい人だなって思ったんです。それで少しでもお話したくて、取材の協力をお願いしました」

初めて彼女と会った時にどんな話をしたかは、あまり鮮明には覚えていない。弘毅と佐伯の関係ばかり気になっていたからだ。まさかその時に彼女が自分に対して好意を持っただなんて、考えもしなかった。

「驚きましたよね」

悠が言葉をなくしていると、佐伯が小さく笑った。それには正直に頷く。

「ええ、驚きました。てっきり弘毅くんのことが好きなんだと思っていたから」

「石森くんを？　まさか！　石森くんはただの元同級生ですよ」

「でもよく店に行っていたでしょう？　この間の夜も店で話していたし……」

「それは……」

言いかけて口を閉ざすが、佐伯はわずかに頬を染めて早口で教えてくれた。

「平岡さんと石森くんが仲よさそうだったから、リサーチしてたんです。あんまり教えてくれなかったけど。だから平岡さんに会えたらなって思って、頻繁《ひんぱん》にパン屋に通ってたんです」

てっきり弘毅目当てだと思っていたが、彼女が想いを寄せていたのは自分だった。予想外の展開に悠は困惑し、彼女の言っていることをすぐには信じられなかった。

だが一つ一つ思い返してみれば、彼女の行動は自分に会うためだったと言われても納得出来る。

正直ホッとした。

佐伯が恋をした相手が弘毅じゃなくて。彼を女性と取り合って勝てる自信がなかったから。

その時、ある疑問が浮かび、佐伯に質問した。

「弘毅くんは知ってるんですか？」

佐伯が悠を狙っているということを。

彼女はこともなげに頷く。

「はい。石森くんから色々聞き出そうと思ってたから、不審に思われるといけないので。ペラペラしゃべるような人じゃないし、思い切って打ち明けちゃいました」

それを聞いて、全ての符号が一致した気がした。

弘毅も以前、彼女と同じことを悠に聞いてきた。佐伯のことをどう思っているのか、と。その話をしている最中に揉《も》めたのだ。

「その時、弘毅くんはなんて？」

生真面目で嘘がつけない男がなんと答えたか気になった。たぶん悠と弘毅が付き合っていると、本当のことを言ってはいないと思う。もし言っていたら、さすがに佐伯も告白はしてこなかっただろうから。

「一言『そうか』と言っただけでした。でもあまり面白く思ってなかったみたい。私が平岡さんのことを色々聞くと、迷惑そうな顔をしていたから。お客さんのプライベートなことを話したくなかったんでしょうね」

「そう……」

自分ももし同じ状況に置かれたら、彼と同様の行動を取ると思った。

綺麗な女性が自分の恋人のことを好きだと言って、色々聞いてきたら不安になってしまう。だから質問されてもきっと適当にはぐらかすだろう。ライバルの有利になる情報なんて教えたくない。

佐伯がおずおずとこちらの顔色を窺ってきた。

「それで、お返事をいただきたいんですけど……」

「ああ、そうですね」

もう答えは決まっている。

佐伯は素敵な女性だと思う。それでも彼女と付き合うことは出来ない。たとえどんな美人に言い寄られたとしても、弘毅以上に悠の心を揺さぶる人はいないから。

「気持ちは嬉しいです。でも、ごめん。付き合うことは出来ません」

悠のストレートな返事を聞き、佐伯は緊張を解くと背もたれにトンッと身を預けた。

「わかりました。聞いてくれてありがとうございます。残念だけど、告白出来てすっきりしました。……やっぱり好きな人がいるんですか？」

「ああ。いる」

短い答えに、佐伯が微笑みを返してきた。

「その人と上手くいってるんですね。平岡さんって笑顔を絶やさない人ってイメージでしたけど、今初めて本当の笑顔を見られた気がします。とっても好きなんですね」

いったいどんな顔をしていたのだろう。そんなにわかりやすい顔をしていただろうか。悠はなんだか恥ずかしくなってゴシゴシと頬を擦る。

「まあ、うん。そんな感じかな」

「完敗かぁ。でもきっぱり振ってもらえてよかったです。引きずることなく次の恋に踏み出せるから」

失恋して少なからずショックを受けているだろうに、佐伯はそんな素振りを見せずにこやかに会話を続けてくれた。お世辞抜きにいい女性だなと思った。だからそれをそのまま口にする。

「佐伯さんは美人だから男の方が放っておかないと思います。僕にはもったいないくらい……」

「なんの話ですか」

悠が最後まで言い終わらないうちに、男の低い声がかぶさった。突然背後から会話に割って入ってこられ、びっくりして振り向く。

「弘毅くん」

「あら、石森くんじゃない」

佐伯とほぼ同時に弘毅の名前を呟いていた。

弘毅はとても不機嫌そうな顔をしている。本人にそのつもりはないだろうが、ジロリと視線を送られただけで背筋が伸びる。

「なんの話をしていたのか、聞いているんです」

強い口調で繰り返されても、弘毅の気迫に気圧されて言葉が出なかった。

悠がすぐに答えなかったことで弘毅の機嫌をますます損ねたようだ。眉間の皺が深くなる。彼のまとう剣呑《けんのん》な空気に、さすがの佐伯もたじろいでいた。

「佐伯、答えろ」

何も言わない悠に焦れたのか、今度は佐伯に矛先が向く。

「何って、別に。石森くんには関係ないことよ」

佐伯は毅然《きぜん》と返した。弘毅の眉がピクリと動き、その様子から彼が本気で怒っていることを悟る。ただ何に対してそんなに怒っているのかがわからない。

悠は弘毅と佐伯を交互に見やる。

「関係なくはない」

「どんな話をしてたのか、平岡さんの友達として気になるのかもしれないけど、これは私と平岡さんの問題なの」

佐伯は自分と弘毅が付き合っていることを知らないからそう言ったのだろう。知らないのだから、彼女の言っていることは間違っていない。けれど実際はそうじゃない。でも、ここで自分たちが恋人同士だなんて明言することは出来ない。

――そうだ、彼と恋人だということを、世間に隠していかなければいけないんだ。

今さらながらそのことを痛感した。

会社の人間にも、親しい友人にも、家族にも言えない関係。

男同士の恋愛に覚悟は出来ているつもりだったが、こういう時でさえ自分がパートナーだと胸を張って宣言出来ないことに悲しみを覚えた。

「友達じゃない」

悠が辛い現実に直面してじわりと俯いたその時、弘毅が強い声音で断言した。

——何を言い出すんだろう。

弘毅が何を思ってその言葉を発したのかわからず、悠は面《つら》を上げた。弘毅はイスに座る悠の肩に手を置くと、訝しげな顔をしている佐伯に対し、よどみのない口調ではっきりと告げた。

「この人はオレの恋人だ。だからオレにも口を出す権利があるし、お前にも誰にも渡さない」

悠はびっくりして、ただただ男の横顔を見つめることしか出来なかった。

「行きましょう」

弘毅は呆然《ぼうぜん》としている佐伯にそれ以上の説明はせず、テーブルの上に紙幣を置くと悠の腕を取りイスから立ち上がらせた。そのまま引っ張られて店の外へと連れて行かれる。

店を出る直前に振り返って佐伯を見たが、彼女は追ってくることなく、何が起きたのかわからないといった困惑した表情でただこちらを見つめていた。他の客からも視線を送られ、悠はいたたまれなくなり顔を背ける。

「弘毅くん、待って」

そんな周囲の反応に目もくれず、弘毅は店を出てずんずん歩いていく。相変わらず腕を取られたままで、すれ違う人からは奇異の目を向けられた。弘毅に声をかけてもまるっと無視され、強引に振りほどこうと身を捩《よじ》っても、力では彼にかなわない。

結局何も状況は変わらぬままパン屋に到着した。店に入ると難しい顔をして一人店内を歩き回っていた要二が駆け寄ってくる。

「弘兄！　どこ行ってたんだよ。何も言わずに急に出て行くから驚いたじゃないか」

そして弘毅の後ろにいる悠に気付き、不思議そうな顔をする。

「平岡さん？　もしかして弘兄は平岡さんを迎えに行ったのか？」

要二のその質問には答えず、弘毅はようやく悠の腕を解放すると奥を指し示した。

「上で待っていてください。話があるので」

有無を言わせぬ空気に、悠は頷くしかなかった。

いつもと違う雰囲気の二人を要二が交互に見やってくる。けれど弘毅の不機嫌な様子を察し、要二もそれ以上の追及はしてこなかった。ただ弘毅に気付かれぬように心配そうに目配せしてきたが、悠は「大丈夫」という意味を込めて小さく笑みを返した。

悠は厨房での仕事に戻った弘毅の後ろ姿を目で追いながら、二階へと続く階段を上る。

――嬉しかった。

驚いたけれど佐伯の前で自分との関係をはっきり言ってくれて。彼の自分への気持ちを知ることができて、まだ好きでいてくれると知り安堵した。

けれど弘毅はここまでの道すがら、一度も口をきいてくれなかった。それどころか、こちらを見ようともしなかったのだ。それがどういうことを意味するのか……。優しい彼をまた怒らせてしまった気がする。

悠は家主のいないリビングに入ると、電気も点けずにソファに腰掛けた。窓の外から差し込むわずかな外灯の明かりだけが頼りの室内は、自分の呼吸する音しか聞こえない。なんだか心細くなって、ソファの上で両足を抱え丸くなった。

——何をやってるんだろう。

いったいどこで間違ったのか。

ただ彼に嫌われたくなかっただけなのに。

いつからこんなにギクシャクしてしまったのか……。

悠は記憶をさかのぼってみた。

彼と付き合い始めてからは、本当に毎日が楽しかった。何が、というのではなく、ただ一緒にいるだけで幸せだと思えた。

それに陰が差したのは、彼女——佐伯が現れてからだ。彼女と弘毅が一緒にいる姿を見て焦った。自分よりも彼女の方が弘毅の隣に立つにふさわしい人間に思えたから。佐伯でなくても、弘毅は見た目も中身も魅力のある男だから、いつか他の女性に取られてしまうかも、という不安があったのだと思う。だから少しでもその不安を払拭したくて、駄目な部分をなくそうとダイエットを始めた。

でも、それが間違いだったのかもしれない。ジムに通い始めたことで弘毅と過ごす時間が減ってしまい、余計に不安が募ってしまった。そして不安からすれ違いが起こりケンカをし、でもどう関係を修復したらいいのかわからず、さらに事態は悪化して……。

「どうすればよかったんだろう……」

彼に好きでいてほしかっただけ。一緒にいたかっただけなのに。

簡単なことのようで、それはとても難しいことなのかもしれない。

弘毅が仕事を終えるまでずっと一人で考えていたが、結局答えには辿《たど》り着けなかった。

「なんで電気を点けてないんですか」

ドアが開く音がし、その言葉とほぼ同時に部屋の照明が点けられた。暗闇になれた目には光が眩しく、悠は瞬《まばた》きを繰り返す。その間にも足音が近づいてきて、弘毅がソファの前で立ち止まる。

しばしの沈黙。悠は声をかけるどころか顔さえも上げられない。弘毅も何も言わず、一つため息をつくと少し距離をあけて悠の隣に腰を下ろした。

「どうしてオレを見ないんですか？」

ソファがきしみ、弘毅がこちらに身体を向ける気配を感じた。声の様子からは、彼が今どんな表情を浮かべているのかわからない。でも悠はどうしても顔を上げる勇気がなかった。

「悠さん、ちゃんと話がしたい。顔を上げて」

「………」

「悠」

それでも頑《かたく》なに俯いていると、最後に強い口調で名前を呼ばれた。もうこれ以上は無理だと思い、そろそろと顔を上げる。でも目は合わせられない。視線は下を向いたままだった。

その態度から、弘毅に妙な誤解を与えてしまったようだ。彼は怒気を孕《はら》んだ声で質問してきた。

「オレに話せないようなことがあるんですか。たとえば……佐伯のこととか」

彼女の名前を出され、悠は思わず視線を上げていた。

こうなる前は目が合えば、不器用な彼なりに小さく笑みを浮かべてくれた。悠はその顔を見るのが大好きだった。

それが今はどうだ。こちらを見る眼差しは少しの柔らかさもない。そうさせてしまっているのは自分。悠自身が彼を苛立《いらだ》たせているからだ。

悠は泣きたくなった。

一瞬だけ、やはりもう駄目なのかもしれないという考えが頭を過ぎる。でもそれならそれで、ちゃんと話がしたい。話し合ったことで彼との関係がどう変わろうと、わだかまりだけは残したくなかった。悪い思い出にしたくないから。

「佐伯さんと何かあったのは、僕じゃなくて君の方なんじゃないのか？」

「オレ？」

「前に写真を見せてもらった時、よく二人で写ってたから……」

弘毅は考え込んだように黙る。そして「そうでしたか？」と聞いてきた。この反応だけで、二人の間に特別なことはなかったことが窺えた。

「佐伯は本当にただの同級生です。あなたが気にするような関係じゃない」

過去に佐伯との間に本当に何もなかったことを弘毅の口から説明されて、ようやく安堵する。でも次の瞬間にはもう新たな不安が頭をもたげる。

「ごめん、違うんだ……。僕が不安なのは、君がそのうち誰かに取られてしまうんじゃないかってことなんだ。今は付き合い出したばかりだからいいかもしれないけど、付き合いが長くなるにつれて色々と問題が出てくる気がして……」

「そういうこともあるかもしれませんけど、オレはあなたとなら乗り越えられると思ってます」

弘毅に間髪容れずにそう言ってもらえて、素直に嬉しいと思う。でも世の中に絶対はない。

「……オレを信用してないんですか」

表情を曇らせたままの悠に気付き、弘毅が単刀直入に聞いてきた。彼はいつもストレートな言葉をぶつけてくる。自分にはないその強さが羨ましい。

悠は深く息を吸い込み、覚悟を決めて口を開いた。

「君を信用してないわけじゃないんだ。……僕が自信ないだけ。君に好きでい続けてもらう自信がない。だからちょっとしたことで不安になってしまう」

これまでプライドから言えなかった言葉。嫉妬なんてみっともないと思っているから、女性に騒がれる弘毅を見て、やきもちをやいているだなんて言い出せなかった。ましてや自分に自信がないだなんて……。

弘毅の前では出来るだけ寛大で余裕のある大人の男でいたかったのだ。自分の方が年上というのもあるが、彼はあの歳にして自分の店を持っている。そんな立派な彼の隣に立つために、ちゃんとしなくてはと思った。彼に釣り合う人間でいないと、と強く思っていた。

悠がそんな思いの丈を打ち明けると、弘毅が大きなため息をついた。ビクリと身体が反応する。呆れられたかもしれない。次に彼の口から出る言葉を聞くのが怖かった。

弘毅は身体を完全にこちらに向けて、ソファの上に片膝を立てて座り直す。その顔には、意外にも怒りや呆れといった表情は浮かんでおらず、それどころか彼のまとっていた空気はだいぶ穏やかなものに変わっていた。

「それで最近様子がおかしかったんですか？」

悠はこくりと頷く。

すると弘毅が突然距離を詰めてきた。反応する間もなく逞しい腕に絡め取られ、気が付けば広く温かい胸に顔をうずめていた。

いきなりどうしたのだろう。

抱きしめられた理由がわからず、悠は目を白黒させる。

弘毅は悠の頭をかき抱き、「よかった」と呟いた。

「オレのことが嫌になったのかと最近ずっと悩んでたんです。店に来る回数も減って、来てもオレの作ったデザートパンを食べてくれなくて、触ろうとすると逃げられたから。しかも佐伯のこともあったし」

弘毅は話しているうちに色々と思い出したのか、抱きしめる腕の力を強くした。離したくないといったふうに、触れた部分から彼の感情が流れ込んでくるかのようだった。

「佐伯にあなたのことを聞かれたんです。どうしてそんなことを聞くのかと思っていたら、悠さんのことが好きになったって言われて。悠さんに会いたくて店に頻繁に顔を出すようになって。正直面白くなかったけど、それを伝えるわけにもいかないから適当にあしらってたのに。まさか本人に直接連絡を取るだなんて……。今日、出勤してきた要二に二人が駅前のカフェにいたって聞いて、もういてもたってもいられなくて、気が付いたら仕事を放り出して駆けつけてました」

情けないでしょう、と耳元で呟くのが聞こえた。彼の口からそんな単語が出るとは思っておらず、驚いて顔を上げようとしたが、がっちり抱きしめられていてそれはかなわなかった。

「笑顔で話してる二人を見て……少し照れたように笑う悠さんを見て、冷静じゃいられなくなってしまった。悠さんのあんな顔を他の人に見せたくない。オレ以外の人間に笑いかけてほしくないって思って、それで断りもなく勝手に言ってしまったんです。あなたはオレのものだって」

「弘毅くん……」

「すみません、人前で。オレみたいな男と付き合ってるだなんて、人に知られたくなかったですよね。あなたはオレにはもったいないくらいの人だから、オレはいつも不安なんです。飽きられる捨てられるとしたら、絶対にオレの方だから」

苦しいくらいに抱きしめられる。

――息が出来ない。

胸がいっぱいで、言葉も出なかった。

「オレの頭の中は、いつもあなたのことでいっぱいなんです。でも子供っぽいと思われたくなくて、あなたに釣り合う男になりたくて、それにはいい仕事をすればいいんじゃないかって。あなたに少しでも自慢に思ってほしかった。でも、どんなに仕事で評価されても、余裕なんて生まれない。不安で不安で仕方なかった」

「君も？　不安だった？」

「そうです。あなただけじゃない。オレも不安なんです。だって、好きだから。ずっとあなただけしか目に入らないくらい、好きだから」

頬をすり寄せられた。

どこもかしこも女性とは違う感触。それでも彼に抱きしめられている時が一番ドキドキする。

「あなたと出会ってから、オレは自分の知らなかった一面を発見したんです。今もそう。こんなに自分が独占欲が強い人間だなんて思わなかった。こんなに誰かに夢中になったことなんてなかったから」

――僕だけじゃない。

彼も同じように不安を感じていた。相手のことが大切で、ずっと一緒にいたいからこそ、ちょっとしたことが気になってしまう。それだけでなく、嫉妬深く独占欲が強くなった自分にも気付いた。

女々しい考えに苦笑を禁じ得ない。彼に恋をするまで、自分がこんなにも狭量な男だとは知らなかった。

でもそれは彼も一緒だった。

それほど想っていてくれる。

こんなに嬉しいことはない。

悠は弘毅の背中に腕を回し、コックコートを握り締めた。

「僕が好きなのは君だけだ」

感情が高ぶって喉の奥から熱い塊がせり上がってくる。それ以上の言葉がなかなか出てこない。でもこれだけは伝えなくては……。

怯みそうになる自分を鼓舞《こぶ》し、意を決して口を開いた。

「もし許してもらえるなら、これから先もずっと君の隣にいたい。明日も明後日も、来年もその次の年も。そしていつかこのパン屋を手伝わせてほしい。一緒にこの店を守りたいんだ」

悠の心臓は壊れてしまったのかと思うほど、バクバクと大きく鼓動を刻んでいる。弘毅の顔を直視出来なくて、彼の肩口に顔をうずめた。

まだ付き合い出して半年も経っていない。しかも自分たちは男同士。これから先どうなるかわからない。こんなことを告げたら重いと言われそうで、口に出来なかったのだ。

でも、言わないことで弘毅が不安になるのなら、恥ずかしくてもみっともなくてもちゃんと言葉にして伝えようと思った。彼がいつもしてくれているように。同じように言葉にしようと決めた。

弘毅は悠の本心を聞いてどう思っただろう。

「……いいんですね？」

しばしの沈黙の後、弘毅が低く呟いた。

何が言いたいのかわからず答えられないでいると、続けて口にされる。

「そんなことを言ったら、本当に一生オレと一緒にいることになりますよ。あなたが途中でオレに嫌気がさしても、別れたいと思っても、放してやれませんよ」

息が止まるくらいの力でかき抱かれ、言葉に表せないほどの幸福を感じる。

「……うん」

悠は震える唇で短く答えるのが精一杯だった。

でもそれで弘毅には十分伝わったようだ。

「あなたはオレのものだ」

身を離すと真っ直ぐ見つめられ、嬉しい言葉を言ってくれた。そしてそのままそっと口づけが落ちてくる。悠は瞳を閉じてそれを甘く受けとめた。

「ん……」

軽く触れ合わせた唇は、すぐに深いものへと変わっていく。唇の端をそろりと舐《な》められ、開いた隙間から舌が侵入してきた。大胆に動く舌に口内を蹂躙《じゅうりん》され久々に味わう甘美な刺激に、早くも悠の下腹部がうずき始める。

「はぁっ……っ」

背中を支えていた手がいつのまにか脇腹に移動し、さらにシャツの中へ潜り込んできた。キスされたまま素肌を直接撫でられ腰が砕けそうになる。悠は弘毅の太い首に腕を回ししがみつき、心地よさにうっとりと目を閉じかけてハッとした。

誤解が解け仲直り出来たから忘れていたが、まだダイエットは終わっていない。ということはもちろん体型にまだ自信がなく、そんな身体を彼の眼前にさらすには躊躇《ためら》いがあった。

我に返った悠は反射的に弘毅を押しやっていた。服の中からするりと手が抜ける。

「……悠さん？」

いい雰囲気のところで突然身体を押されて、当然のことながら弘毅は訝しそうな顔をする。

これでは以前と同じことの繰り返しになってしまう。

自分の見栄と弘毅とどちらが大事かと言われれば、もちろん後者だ。男なのに体重を気にしてダイエットをしているだなんて本当に心底恥ずかしいが、もう変なことで揉めたくない。彼を失うかもしれない不安な日々を、もう送りたくはなかった。

悠は正直に理由を説明することにした。

「……実は、最近体重が増えてしまったんだ。仕事帰りにジムに通ってみたり食事制限をしてみたりしたんだけど、まだ完全に元に戻っていなくて……」

ここまで言って弘毅の反応をチラリと窺うが、彼は悠の言いたいことがよくわかっていないようだった。鈍い男に少々苛立ちながら、悠は早口で告げる。

「太ってたるんだ身体を見せたくないんだよ。……嫌われたくないから」

本当は気付かれぬうちにこっそりダイエットを終わらせているはずだったのだ。でもなかなか思うように体重が落ちてくれず、おかげでこうして弘毅にカミングアウトしなくてはならなくなってしまった。恥ずかしくて俯けた顔を上げられない。

長い沈黙に不安になって悠はおそるおそる顔を上げる。すると弘毅が口元を手で押さえ、全身をフルフルと小刻みに震わせていた。

「弘毅くん？」

どうしたのかと思い声をかけると、彼は表情を引き締め、でも堪えきれなかったのか小さく吹き出した。必死に声を押し殺して笑う姿に、悠は唖然《あぜん》としてしまう。

「すみませ……っ。理由を聞いて安心して、気が緩みました」

そう話している間も笑いを治めようと悪戦苦闘している。

確かに男のくせにこんなことを気にするなんておかしいかもしれないが、悠にとっては深刻な悩みだったのだ。弘毅の笑い顔が見られて嬉しい反面、こんなに笑われたらいい気分ではない。

悠がブスッとすると、それを察した弘毅が慌てて弁解する。

「あなたを笑ったわけじゃないですから」

「じゃあなんで笑ってるんだ」

弘毅はその質問に、優しい笑みを浮かべて答えた。

「オレの恋人はなんて可愛いんだろうと思って」

「はぁ？」

およそ自分を形容する言葉として向けられたことのないそれに、裏返った声を出してしまった。

苦し紛れに言っただけかと思ったが、どうも彼は本気らしい。さらに理解不能なことを口にした。

「本当ですよ。悠さんは可愛い。外見も中身も。オレはそんなあなたが好きでしょうがないんです」

再びギュウッと抱きしめられた。

これまで二十九年生きてきて、大人になってから「可愛い」と言われたことなんて一度もない。どこをどうとってそう思ったのか不思議だったが、弘毅は嘘を言っているわけでも誤魔化そうとしているわけでもないようだった。

色々と疑問は残るが、弘毅が上機嫌だからもういいと思った。彼がいいならそれでいい。

「それに、太ったって言ってるけど、全然たるんでないですよ？　むしろ腹筋がついて引き締まった気がします」

「でも体重が戻ってなくて……」

「それって筋肉がついたってことじゃないですか？　脂肪より筋肉の方が重いですし」

言われてみればそうかもしれない。

悠は自ら腹を触って確かめてみたが、特にみっともないというほど肉がついているわけではなかった。これまで体重にばかり目がいっていたが、見た目のスタイルはジム通いのおかげで以前より全体的に引き締まったように思える。

「じゃあ別に太ったままなわけじゃないのかな」

「そうだと思います。でもオレは悠さんの外見だけを好きになったわけじゃないから、見た目を気にしないでいいですよ」

「でも……」

「悠さんが思っているよりも、ずっとオレはあなたのことを愛してるんです。ちょっとやそっとのことじゃあこの気持ちは変わりません」

相変わらず恥ずかしがる様子もなく語られる愛の言葉。面と向かって言われるとやはり気恥ずかしいと感じる部分もあるが、それ以上に嬉しく思う。弘毅が自分を好きでいてくれるとわかり安心出来る。だから自分も同じように彼に返してあげたい。

悠は意を決して弘毅の膝の上に乗り上げキスをしてみた。弘毅は一瞬驚いたようだったが、嫌がることもなくキスを受け入れてくれた。悠はその反応に背中を押され積極的に舌を動かす。

「悠さん……」

キスの合間に呼ばれる名前。それだけで背筋がゾクリとする。弘毅も感じてくれているのか、いくぶん声が掠れ、それがますます悠を興奮させた。

悠がキスに夢中になっていると、弘毅の手が服の上から胸元の辺りを彷徨い始める。もどかしい刺激に焦れて、悠は弘毅の着ているコックコートのボタンを外していった。

「悠さん？」

これまで弘毅に任せっきりで自分から行動したことはなかった。恥ずかしかったのももちろんだが、セックスに積極的になることで彼に嫌らしい人間だと思われたくなかったというのが大きい。でもされるばかりでなく、自分も相手を悦《よろこ》ばせたいとずっと思っていた。

悠はもう遠慮はしないことにした。

自分が思っているよりもずっと愛していると弘毅が言ってくれたから、それなら大丈夫な気がする。弘毅は年下ながらしっかりした男だ。人としての器も大きい。だから恐れずに甘えてもいいのではないか。きっと彼なら受け止めてくれる。

悠は緊張のため強ばって思うように動かない指で一つずつボタンを外していく。コックコートのボタンは外しづらく、前をはだけさせるまでにかなりの時間を要したが、弘毅は悠のしたいようにさせてくれた。

衣服の下から現れた引き締まった身体は、しなやかな筋肉で覆われている。悠は弘毅の肩からコックコートを落とし、上半身を裸にしたところで動きを止めた。

ここからどうしたらいいのかわからないのだ。女性相手ならともかく、男性の身体にどこをどう触れたらいいのかわからず戸惑う。

悠が戸惑っていると、弘毅が小さく笑う気配がした。

「交代しますか？」

その一言に男としてのプライドが刺激される。

悠は無言で弘毅の素肌に手の平を当てた。硬く弾力のある感触を楽しみながら、上半身にくまなく指を這わせる。悠はいつもと逆で、自分が主体になっているこの状況にドキドキしっぱなしだったが、弘毅の方は特に無反応だった。いや、内心ではどう思っているかはわからないが、どこに触れてもピクリともしない。自分は同じように弘毅に触られたら、堪えようと思ってもどうしても身体が反応してしまうというのに……。

悠はだんだん悔しくなってきて、思い切って浮き出た鎖骨に唇を押しつけてみた。そのまま鎖骨のラインを舌でなぞっていき、最後にきつく吸い上げる。

「……っ」

弘毅が息を詰めた。ようやく反応を得られたことに少し満足する。悠は調子に乗って反対の鎖骨にも同じようにキスマークを付けた。

そこが終わると次は胸元を舐め太ももに手を置き優しく撫でる。今度はちゃんと感じてくれているようで、悠が舌を使うたびに熱い息づかいを感じる。

どんな顔をしているか見たくなり上目遣いで見上げると、弘毅が眉根を寄せ唇を引き結んでいた。いつもと同じ仏頂面にも見えるが、そうじゃないことは上気した頬が物語っている。微かに赤くなった目元。色気の漂う男の顔から目が離せなくなった。

「悠……」

弘毅がひっそりと名前を呼び、右手を差し出してくる。こういう関係になっても普段は敬語を使っている弘毅に呼び捨てにされると、たったそれだけのことでドキリとしてしまう。悠は心臓の鼓動が速くなるのを感じながら、瞬きも忘れて弘毅の行動を見つめていた。

大きな手の平に頬を包まれ、燃えるような熱を感じる。引き寄せられ、自然と合わさる唇。悠は陶《とう》然《ぜん》として目を伏せた。

「わっ！」

ところが悠が気を抜いたその一瞬の隙を突き、弘毅に上体を押されソファの上に倒された。反射的に起き上がろうとするが上にのしかかられ、動きを封じられる。

「ちょっと待……んっ」

抗議の声をキスで塞がれる。普段より激しい嚙みつくようなキスを浴びせられ、悠の身体から抵抗する気力が失われていく。弘毅が満足して身を離す頃には、息をするのがやっとといった状態になっていた。

「いきなりどうして……？」

「オレにも触らせてください。あなたのせいでもう我慢出来なくなってるんです」

下半身が密着しているから気付いていた。弘毅の中心はすでに硬く張り詰め、自分と同じ状態になっている。求めてもらえて素直に嬉しい。

悠は彼の首に腕を絡め、耳元に唇を寄せ心のままに「好き」と呟く。次の瞬間、再び唇を奪われそのままシャツの中に手が潜り込んできた。乱暴なくらいの荒々しい仕草で素肌をまさぐられ、見つけた胸の突起を指先でこねくり回される。

「あんっ、あっ」

痛いくらいの快感が身体中を駆けめぐった。悠が背中を仰け反らせ身もだえると、弘毅が執拗《しつよう》にそこを責めてきた。

「ひっ、あ、あっ」

無意識に弘毅の手首を握り頭を振って制止を促した。けれど弘毅はそれを物ともせず、手を下ろすと悠のスラックスのベルトを外し前をくつろげる。そしてあっという間に下着ごとスラックスを足から抜き取った。弘毅は元々が器用なのか、回数を重ねるごとにテクニックが向上している気がする。気を抜くとすぐにこうして丸裸にされてしまう。

上半身はワイシャツ一枚、下は何も身につけていないという格好に羞恥心が込み上げてきた。下半身がスースーして落ち着かない。悠はシャツの裾をそっと引っ張る。

「もう何度も見てるんだから、今さら隠さなくてもいいじゃないですか」

「そういう問題じゃないっ」

たとえすでに何度も隅々まで見られていても、恥ずかしいものは恥ずかしい。きっといつまで経っても慣れることはないと思う。

悠が微かに頬を染めながら口では憮然と返すと、弘毅が笑みを深くした。

最近、彼はよく笑うようになった。といってもやはり無表情の時が多いが、以前と比べればずっと表情が柔らかくなっている。それは仕事中でもそうだ。

店が繁盛してからというもの、弘毅はレジに立つことが増えていた。今までは人見知りゆえの緊張で眉間に皺を刻みながら接客をしていたが、今は笑顔こそないものの目つきの鋭さが薄れている。長身ゆえにどうしても威圧感は拭えないが、それでも以前に比べればずいぶん進歩したと思う。そんな弘毅を見て嬉しいと思う反面、面白くないとも感じてしまう。

——自分だけが知っていたかった。

彼の素顔を。

独り占めしたかったのだ。

そんな自分の気持ちに気付いた時、なんて強欲なのだろうと愕然《がくぜん》とした。自分以外の人間に優しくしている姿を見たくないだなんて……。

弘毅に知られたら呆れられると思った。だから平気な顔をしていたが、彼が佐伯や女性客を相手に短い会話を交わしているだけで嫉妬した。彼は自分のものだと言ってしまいたい衝動に駆られたことが何度もある。実際は思っただけで実行には移せなかったが。

でも弘毅はそれをしてくれたのだ。

知らない人の前でなく、親しい人を相手に宣言してくれた。自分たちの関係を隠さずにいてくれた。

「どうしてそんなに可愛いんだろう」

「……は？」

また言われた。自分のどこを見て可愛いだなんて言っているのだろう。男なのに可愛いと言われるだなんて不本意だ。それを現すために冷たく返したが、弘毅はなおも続ける。

「そうやって無自覚だから心配です。オレ以外の人の前ではいつもの『格好いい平岡さん』でいてくださいね」

よく言っている意味がわからなかったが、それで弘毅が安心するならと頷き返すと、弘毅は口元に微かな笑みを浮かべる。その笑顔に見惚《みと》れている間に、最後の一枚となっていたワイシャツを脱がされていた。そこで今さらながら気が付く。

「電気！」

明かりが点けっぱなしだったのだ。悠は咄嗟に背中を丸め横向きになる。さすがに煌々《こうこう》と照らされた照明の下で裸を見られるのはきつい。

「そういえば点けっぱなしでしたね。どうりで今日はよく見えると思った」

そう言いつつも一向に電気を消してくれる気配はない。それどころか力ずくで身体を仰向けに戻された。白日の下に全てをさらけ出され、悠は悲鳴のような声を上げる。

「やっ、電気を消してっ」

必死の訴えも虚《むな》しく、弘毅は続きを再開した。立てた膝に手を置き思い切り左右に割り開かれ、弘毅が目にしている光景を考えて頭がクラクラした。もう何も直視したくなくて横を向く。

弘毅の手がそろそろと内ももを撫で、やがて中心でそそり立つものに触れる。そこは依然硬度を失っていない。こんな状況になっても興奮していることを知られ、ただただ恥ずかしかった。ジワリと涙が滲んでくるほど恥ずかしい。

弘毅はそんな悠に気付いたようで、そっと顔を覗き込んできた。悠は今度は反対側に顔を向ける。

「機嫌を直してください」

「…………」

弘毅を無視していると、突然中心にいつもと違う刺激が与えられた。びっくりして反射的に下半身へ視線を送る。そしてまたも卒倒しそうになった。

返事の代わりに弘毅が悠の中心を口に含みながら、チラリとこちらに視線を送ってきた。

「ひ、弘毅くんっ」

「嫌だって言ったじゃないかっ」

悠は半泣きで訴えた。

初めての時に一度されて以来、恥ずかしいから嫌だと拒否し続けてきたのだ。それなのに不意を突いて強行するとは。

悠は逃れようと腰を捻《ひね》る。けれどがっしりと弘毅に腰を押さえつけられていて、逃げ出すことは不可能だった。それならと弘毅の肩や頭を押してみたが徒労に終わる。悠は離してほしくて繰り返し身体を揺すっていたのだが、これが全く逆の結果を生んでしまったようだ。

「う……っ」

身を捩った拍子に口に含まれた中心も動き、弘毅の熱い口内でスライドする。さらに弘毅の身体を押したことで、また刺激が加わってしまった。

「はっ、はぁっ……っ」

弘毅の髪に指を絡めるが、その手にはもう力が入っていない。

手でされるのとは違う生々しい感触に悠の腰が跳ね上がる。弘毅はその反応を受けて頭を上下に動かし始めた。決して巧《うま》くはないが、ぎこちない動きが未知の快感を生み、ガクガクと痙攣《けいれん》のような震えが止まらなくなった。

「あっ、うっ、あぁっ」

頭が真っ白になる。

だらしなく開いた口からは絶えず嬌声が上がり、口角からは飲み込めなかった唾液が零れている。

悠はすでに限界まできていた。それを伝えなくてはと頭ではちゃんとわかっているのに、我慢が出来ない。悠は何の予告もなく弘毅の口内に精を解き放ってしまった。

「あ、あ、んっ――――っ」

断続的に数回に分けて身体の熱を吐き出す。最後に残滓《ざんし》までも吸い上げられ、悠はぐったりとソファに身を横たえた。

弘毅は全てを受け止めると中心から顔を離した。そして今しがた悠が放った精液を手の平に吐き出すと、それを絡めた指を後ろへ伸ばす。入り口を確かめるため何度かノックするように触れた後、指がゆっくりと中へ進入してきた。

「ん……っ」

余韻で身体が弛緩《しかん》していたため、難なく指を飲み込むことが出来た。そしてその指は的確に悠の弱点を突いてくる。いつもなら念入りに解《ほぐ》してくれるのだが、今日はどこか性急だ。初めから前立腺を突かれ、達したばかりの身体はその強い刺激に悲鳴を上げる。

「ひっ、やぁっ」

連続では無理だ。身体がついていかない。少し休ませてほしかった。

緩く頭を振って訴えたが、弘毅は指を動かし続ける。内側からの直接的な刺激を受けて、悠の中心は早くも頭をもたげ始め、すぐに痛いほど張り詰めた。

「待ってて、そんなすぐには……」

息も絶え絶えになんとかそう訴えたが、弘毅はズボンの前をくつろげると滾《たぎ》った中心を取り出し手を添え後ろにあてがう。

「悠さん、息を吐いて」

熱に浮かされた瞳で見つめられながら囁《ささや》かれ、弘毅がもう我慢の限界まで達してしまっていることを悟った。悠は意識して身体から力を抜こうと息を細く長く吐き出す。弘毅は悠の反応を窺いながら腰をゆっくりと進めてきた。

「あっ」

弘毅は全てを埋め込むと休むことなく腰を動かし始める。いきなり奥深くまで穿《うが》たれ、驚いて声が上がる。それでも弘毅は責める手を休めることなく、荒々しく腰を使ってきた。

「あんっ、やぁ、あっ、あぁっ！」

容赦なく感じる部分を突かれ抉《えぐ》られて、悠の中心から濃い蜜が飛ぶ。それは突かれるたびに先端の窪《くぼ》みから溢れ、悠の腹部を白く濡らした。常に絶頂に達しているような強い快楽を与えられ、悠は意識が飛びそうになる。なんだか怖くなって弘毅にしがみつこうと両手で宙をかいた。

「弘毅く……っ、あぅ、あっ」

自分に向かって伸ばされた腕に気付いた弘毅は、しっかりとそれを取ってくれた。そのまま悠の身体を引き起こし、自分の太ももの上に乗せる。

「やだっ、あぁっ」

下りようと腰を浮かせたところを下から容赦なく突き上げられた。バランスを崩してソファから落ちそうになり、慌てて弘毅にしがみついた。密着したことでさらに深い場所まで彼の逞しい中心が進んでくる。

「や、やぁっ、だめ、あぁ——っ！」

「う……っ」

白濁《はくだく》が二人の腹に飛び散った。悠はされるがままガクガクと身体を揺らす。一際大きな快感の波にさらわれ、全身に力を入れる。その拍子に後ろに埋め込まれた彼自身もきつく締めつけていたようだ。

弘毅が一瞬息を詰め、悠の腰を強く摑むとラストスパートをかけてきた。もう頭も身体もグチャグチャで何も考えられない。

「くっ――！」

「あぁっ！」

深い場所で彼が弾《はじ》けるのがわかった。熱い飛沫を内壁に叩きつけられ、悠の中心からも最後の一滴が零れ落ちる。

長い長い解放の後、悠は弘毅にギュウッと抱きしめられた。呼吸も整わぬうちに何度も繰り返しキスをされ、悠も本能のままそれに応える。

そして身体の熱が少し引いた頃。

悠は弘毅の膝に乗せられた状態で、おずおずと視線を持ち上げた。

「ん？　なんですか」

何か言いたそうな視線に気付き、弘毅が尋ねてくる。

悠は言おうかどうしようか迷ったが、おそるおそる質問を口にした。

「……怒ってる？」

「はい？」

「君の口に、その……出してしまったから」

自分で言っておいて恥ずかしくて死にそうになる。

でもそうとしか思えない。

悠がなんの予告もなく弘毅の口に出してしまったから、だから怒って激しくしたのではないだろうか。これでは初めて結ばれた時と同じだ。こうなることがわかっていたからずっと拒否していたのに。

悠が不安を吐露すると、弘毅はキョトンとした顔をした後、吹き出した。何事かと目を瞬《また》かせる。

「違います。怒るわけないでしょう」

「ならどうして……」

不安そうな悠の唇に、弘毅がもう何度目かわからないキスを落とした。

「驚かせてしまいましたね。ただ興奮したんです。それで激しくしてしまった」

飾らない言葉で事実を告げられ、カッと全身が熱くなる。怒っているわけじゃなくて安堵したが、いつも以上に激しく責められて、身も世もなく乱れた自分が恥ずかしくなった。

「そんなに気にしなくても大丈夫です。オレはあなたのことが好きで好きで仕方ないんですから。さっきも言いましたが、ちょっとやそっとのことじゃあ嫌いになんてなりません」

弘毅はやっぱり優しい。

悠が失敗してもあっさり許してくれる。

——そういうところが……。


「好き」

声に出して伝えた。

「オレもです」

弘毅が破顔する。その幸せそうな顔を見ているだけで、悠まで幸せで胸がいっぱいになった。

仕事中の真剣な眼差しも、困った時に出る仏頂面も、柔らかい表情も、全てずっと見ていたい。彼の隣で。それが今悠が抱いている夢だ。弘毅とならそれも叶えられる気がする。

恋人の胸に顔をうずめ息を吸い込むと、やはり彼からは甘い匂いがした。

大好きな人にこんなに愛されて、自分はなんて幸せなんだろう。

言いようのない幸福感に包まれながら、悠はそうっと目を閉じた。


「平岡さん、受付から内線が入ってます」

「こっちに回してくれ」

悠は仕事の手を止め受話器を持ち上げた。

『お疲れ様です。佐伯様という女性が面会にいらっしゃってます。ロビーでお待ちいただいていますが、上にお通ししてよろしいですか？』

予想外の名前にドキリとして受話器を取り落としそうになった。悠がすぐに答えられずにいると、再度尋ねられる。

『どうなさいますか？』

「あ、ああ、そうだな、僕が下に行くからそのまま待っていてもらうよう伝えてください」

悠は言い終え内線を切ると、デスクに両肘をつきうな垂れる。

――いったいなんの用だろう。

わざわざ会社まで来たということは、それ相応の話があるということに違いない。

最後に彼女に会ったのは、あのカフェだ。

弘毅が佐伯に自分たちの関係を暴露したのが先週のこと。気にならないではなかったが、今日までの間に彼女からはなんのアクションもなかったから、あえて悠の方からも連絡を取らずにいた。

このまま何事もなかったように日々が過ぎていくことを願っていたが、まさかアポもなしに会社に来るだなんて……。

佐伯の出方次第ではとてもまずいことになるかもしれない。

「平岡さん？　何してるんですか？」

顔の前で組んだ手に額を当て考え込んでいると、向かいのデスクから中山が覗き込んできた。ハッと我に返り立ち上がる。

「来客があったから下に行ってくるよ」

悠は中山に行き先を告げるとエレベーターに乗って一階を目指す。着くまでのわずかな時間、悠は目を閉じ深呼吸をして気持ちを落ち着けた。チンと軽やかな音と共に扉が開く。瞼《まぶた》を持ち上げた時にはもう迷いはなくなっていた。

悠は表情を引き締め、ロビーに置かれているテーブル席へと向かう。あちらも気付いたようだ。悠が到着する前にイスから立ち上がった。

「突然訪ねてすみません。お仕事の方は大丈夫ですか？」

「ええ。どうぞ、座って話しましょう」

悠はイスに腰掛けるように促し、自らも彼女の向かい側に腰を下ろす。受付の女子社員が持ってきてくれたコーヒーを一口飲み、悠の方から切り出した。

「それで今日はどういったご用件で？」

努めて平静を装っているが、本当は心臓が痛いくらいに拍動している。佐伯はカップを置くとニコリと笑みを浮かべた。

「今日は取材の協力をお願いしたくてお伺いしました。今度は平岡さんを取材させていただきたいんです」

「……取材、ですか」

「はい。平岡さんはインテリアコーディネーターをされてるんですよね。うちのタウン誌に『おしゃれな部屋作り』というコーナーがあるんです。そこで男性の目から見た女性の部屋作りのポイントなどについて、お話を聞かせていただけたらと思いまして」

佐伯の表情は終始穏やかだった。

最悪の事態も覚悟していた悠は、肩すかしをくらった気分でイスにもたれかかる。悠のホッとした様子が伝わったのか、佐伯がクスリと笑った。

「なんの話だと思ったんですか？」

少し意地悪な質問。悠は動揺してしまい、視線を彷徨わせる。

「そりゃあね、ショックじゃないって言ったら嘘になっちゃうけど……。でもおかげですっぱり諦めがつきました」

佐伯はそう言って笑った。一点の曇りもない晴れやかな笑顔。彼女は本心から言ってくれているようだ。それに佐伯の性格からしても、無闇に言いふらすようなことはしないだろう。悠は胸を撫で下ろす。

「それじゃあ、今日はこれで。後で企画書をお送りしますので、それに目を通していただいてから、お引き受けいただけるかご連絡ください」

「わかりました」

イスから立ち上がり、お決まりのあいさつを交わし終えると、佐伯が踵《きびす》を返す。悠も見送りのため一緒に玄関の自動ドアをくぐった。

「あ、降ってきちゃいましたね」

佐伯が空を見上げて呟く。つられて空を仰げば鈍色《にびいろ》の雲に覆われ、太陽の姿は見えなくなっていた。

「傘をお貸ししましょうか？」

「折りたたみ傘を持ってきてるから大丈夫です」

佐伯はゴソゴソと鞄を探り傘を取り出す。それを開きながら意味深な視線を送ってきた。

「雪になるといいですね」

「雪？」

「だって今日はクリスマスイブだから。雨より雪の方がいいです」

悠はこの時初めて今日がイブだということに気が付いた。仕事ではすでに正月すら通り越してバレンタインデーの企画を練っているため、すっかり忘れていた。

悠は遠ざかっていくほっそりとした背中を見送る。その時突風が吹き、上着を着ていない身に寒さが沁《し》みる。悠は急いで建物の中へと逃げ込んだ。

エレベーターに乗り、狭い箱の中で今日は帰りにシャンパンを買おうと計画を立てる。弘毅と二人で過ごす初めてのクリスマスなのだから、ちゃんとそれらしいことをしたかった。

悠はエレベーターを降りると、自分のデスクへ向かう前に、廊下に設けられた窓から外を見渡す。相変わらず小雨が降っている。

「雪になってくれないかな」

あのパン屋の二階にある部屋で、弘毅と一緒にデザートパンを食べながら静かに降り積もる雪が見たい。出来ることなら来年も再来年も。クリスマスだけでなく、これからいくつもの思い出を積み重ねていきたい。弘毅もきっと同じように思ってくれている気がする。

悠は雨空を見ながらもう一度雪になるよう念じると、少しでも早く彼の元へ行くため仕事に戻った。

あとがき

はじめまして。

このたびは拙作をお読みいただきありがとうございました。

この「甘い恋」は私にとって初の新書になります。こうして一冊の本という形で皆さまにお手に取っていただけて、とても嬉しいです。

もしかしたらお気付きの方もいらっしゃるかもしれませんが、本作は二〇一三年のリンクス五月号に「甘い恋の味」というタイトルで掲載されたものに加筆修正を加え、さらにその後の二人の様子を描いた番外編「甘く、して」を書き下ろさせていただきました。雑誌掲載から一年以上経ってまたこの二人の恋愛模様を描く機会をいただき、感謝しながらも楽しく書かせていただきました。

そしてもう一つ。今回、新書を出していただくにあたり、思い切ってペンネームを変更しました。旧ペンネームは篁《たかむら》 麗子《れいこ》で細々と執筆を行ってきましたが、今後は星野伶《ほしのれい》の名で活動していきます。今後もよろしくお願いいたします。

さてさて、二〇一四年も残すところあと二ヶ月ですが、今年は念願だった新書を出すことができ、またプライベートでも新しい家族が増えたりと、私にとって嬉しいこと続きの一年でした。まさかこんな日が来るなんて人生何があるかわからないなあ、と実感しています。忘れられない記念すべき年になりました。

木下《きのした》けい子《こ》先生、とっても素敵なイラストを描いてくださりありがとうございました。以前から一読者として漫画を読んでおりましたが、そんな大好きな漫画家さんの木下先生にイラストを描いていただけて夢のようです。本当にありがとうございました。

二人の担当さまにも大変お世話になりました。デビューから本作の雑誌掲載時まで担当してくださったKさま、今回の新書から担当していただいているMさま。いつまで経っても未熟な私をご指導くださりありがとうございます。感謝してもしきれません。

特に応援もしないけど書くことに反対もしないでいてくれた家族。これからもそのぐらいのゆるいスタンスでいてくれるとありがたいです。でもさりげなく協力してくれて助かったよ。ありがとう。

友人のKちゃん。いつも的確なアドバイス・励ましをありがとう！　心強かったです。

そして、本作を手に取ってお読みくださった皆さま。最後まであまり面白いことが書けずにすみません。それでもここまでお付き合いくださり、本当に本当にありがとうございました。

たくさんの感謝を胸に、引き続き頑張っていきたいと思います。

またお会いできる日がくることを祈りつつ……。

LYNX ROMANCE

箱庭《はこにわ》スイートドロップ

きたざわ尋子　illust.高峰顕

本体価格
870円+税

平凡で取り柄がないと自覚していた十八歳の小椋海琴は、学校の推薦で、院生たちが運営を取りしきる「第一修習院」に入ることになる。どこか放っておけない雰囲気のせいか、エリート揃いの院生たちになにかと構われる海琴は、ある日、執行部代表・津路晃雅と出会う。他を圧倒する存在感を放つ津路とふとしたきっかけから距離が近づき「好きだ」と告白を受ける海琴。今まで感じたことのない気持ちを覚えてしまった海琴は…。

LYNX ROMANCE

悪《わる》い奴《やつ》ほどよく眠《ねむ》る

篠崎一夜　illust.香坂透

本体価格
970円+税

繊細な美貌を持つ高遠奏音は、十六歳の冬に事故に遭い、意識を取り戻さないまま九年間眠り続けていた。奇跡的に目覚めた時には、奏音の知る世界は姿を変えいた。家も身寄りもない中、唯一そばにいてくれたのは高校時代の親友であり今は医者となった東堂神威だった。奏音は請われるまま東堂の元で暮らすことになるが、その夜、肢体を隅々まで暴かれ、東堂から「すべてを俺に世話されることに慣れろ」と肉欲を伴う愛を囁かれ…。

LYNX ROMANCE

ファーストエッグ３

谷崎泉　illust.麻生海

本体価格
900円+税

警視庁の花形である捜査一課において、ひと癖ある刑事ばかりが集う吹き溜まり部署・五係。中でも佐竹は、気だるげな態度と度を越えたマイペースさを持つ問題刑事だった。その上、元暴力団幹部である高級料亭の主人・高御堂と長年身体だけの関係を続けている。佐竹に甘やかされ、身体を開かれてきた佐竹。刑事としてこのままではいけないと葛藤するようになるが、そんな中、佐竹自身の過去に暗い影を落とすある人物が現われ…。

LYNX ROMANCE

ウサギ系《けい》男子《だんし》の受難《じゅなん》

桐嶋リッカ　illust.三尾じゅん太

本体価格
870円+税

高校生の温人には、ミミウイルスの影響で欲求不満になると耳が狼に変化してしまう、年下の幼馴染み・真葵がいた。クールで寡黙な真葵が、自分にだけあどけない表情で頼ってくる姿にほだされた温人は欲求不満の解消を手伝うことにしたが、その行為はエスカレートし、今では求められるまま、学校内でも抱かれるようになってしまった。真葵を想っていた温人は、次第にその関係を続けるのが辛くなり…。

LYNX ROMANCE

扉《とびら》の先《さき》に

佐倉朱里

illust.青井秋

本体価格
870円＋税

予期せぬ出来事によってちょっぴり未来が視えてしまう大学生の郁磨。ある日、同級生の渡部から自分の寿命が知りたいと言われる。しかし、ちょっぴり、しかも自分の意思とは無関係に突然起こる程度の能力のため、人の寿命など分からないと断る郁磨。しかし、切実な渡部の様子に、彼のことが気になりだす。そんななか、渡部が「脳内麻薬を出す行為をすれば、視られるかも」と言い出し、郁磨を壁に押しつけ襲ってきて——。

LYNX ROMANCE

不器用《ぶきよう》なプロポーズ

真先ゆみ

illust.カワイチハル

本体価格
870円＋税

幼馴染みの空間デザイナー・法隆と共に事務所を立ち上げた奏多は、仕事に没頭すると日常生活を忘れてしまう法隆を公私ともにサポートしていた。精悍な容姿と才能から、男女問わず誘われることが多いにもかかわらず、誰よりも自分を優先してくれる法隆に申し訳なさを感じた奏多は、ある日、そのことを打ち明けると「おまえ以上に大切な相手はいない」と思わぬ告白を受ける。戸惑いつつも想いを受け入れた奏多だったが…。

LYNX ROMANCE

微睡《まどろみ》の月《つき》の皇子《みこ》

かわい有美子

illust.カゼキショウ

本体価格
870円＋税

太陽を司る女神・大日霊尊が治める、神々の住む高天原。大日霊尊の弟で月を司る心優しい神・月夜見尊は、ある罪を犯したため、高天原を追われることに。神や人が混在する葦原中つ国に降り立った月夜見の噂は周辺国の荒ぶる神々に伝わり、追われていたところを、武力に長けた神・夜刀と出会う。他の蛮神から守るという名目で夜刀に連れてこられた月夜見だったが、強引に躰を開かれ半陰陽だという秘密を知られてしまい…。

LYNX ROMANCE

レイジーガーディアン

水壬楓子

illust.山岸ほくと

本体価格
870円＋税

わずか五歳で天涯孤独の身となった黒江は、生きるすべなく森をさまよっていた時にクマのゲイルに出会い、助けられる。守護獣であるゲイルの主は王族の一員である高視で、その屋敷に引き取られた黒江は高視を恩人として慕い、今では執事的な役割を担っている。実はほのかにゲイルに恋心を抱いていた黒江だが、日がな一日中怠惰な彼に対し小言を並べ叱ることで自分の気持ちをごまかしていた。そんな折、ある事件が起こり…。

LYNX ROMANCE

百日《ひゃくにち》の騎士《きし》

剛しいら illust.亜樹良のりかず

本体価格
870円+税

大学生の寿音は、旅行中、突然西洋甲冑を着た大男と出会う。言葉も通じない男を見捨てられずに、家に連れ帰った寿音。わずかばかり聞き取れる彼のラテン語らしき言葉から分かったのは、ランスロットという名前と、彼が円卓の騎士の一人で魔術師により異世界に飛ばされてしまったという内容だった。百日経てば元の世界に帰れるという彼の言い分に、半信半疑ながらも一緒に過ごすうち、紳士的な彼の内面に徐々に惹かれていき…。

LYNX ROMANCE

うさミミ課長《かちょう》～魅惑のしっぽ～

あすか illust.陵クミコ

本体価格
870円+税

菓子パン会社課長の長谷川は、冷たい印象で話しかけにくいと言われていたが、その外見に反し可愛いキャラクターが大好きで、なかでも幼い頃からうさぎには並々ならぬ愛情を抱いていた。そんな彼の夢は究極の「うさみみパン」を作ること。長谷川は、熱心な部下の池田櫂人とともに新商品のプレゼンに臨むがなんとその最中、突然うさぎの耳としっぽが生えてきてしまう。さらにそれを触られるうち、身体が熱くなってきてしまい…。

LYNX ROMANCE

彷徨者《さまようもの》たちの帰還《きかん》～守護者の絆～

六青みつみ illust.葛西リカコ

本体価格
870円+税

帝国生まれながら密入国者集団が隠れ住む『天の国』で育ったキースは、聖獣や騎士のことを知らずに育った。生来の美貌で、幼い頃から性的な悪戯を受けることが多かったキースは、人間不信に陥っていた。そんな折、成人の儀式で、光り輝く繭卵を見つけ大切に保管する。数年後、孵化した聖獣に驚くキースだが〝対の絆〟という、言葉も概念も分からないまま誓約を結び、聖獣をフェンリルと名付け、育て始めるのだが——。

LYNX ROMANCE

蜜夜《みつや》の忠誠《ちゅうせい》

高原いちか illust.高座朗

本体価格
870円+税

類い稀なる美貌と評されるサン＝イスマエル公国君主・フローランには、異母兄と噂されるガスパールがいた。兄を差し置いて自分が王位を継いだことに引け目を感じつつも、フローランは「聖地の騎士」として名を馳せるガスパールを誇りに思ってきた。だが、そんな主従の誓いが永遠に続くと信じていたある日、フローランは兄が自分を愛しているという衝撃の事実を知る。許されない関係と知りながら、兄の激情に翻弄されていくが…。

LYNX ROMANCE

セーラー服《ふく》を着《き》させて

柊モチヨ illust.三尾じゅん太

本体価格 870円＋税

容姿端麗で隙がない男・柚希には、長年抱えてきた大きな秘密がある。それは「包容力のある年上男性に抱かれたい！」という願望を持つ、乙女なオネエであること。そんな柚希はある晩、金髪碧眼の美少年・恭平を絡まれていた男たちから助ける。まるで捨て猫のように警戒心を露わにする恭平を見捨てられず、気に掛けるようになった柚希だが、不器用で純朴な彼の素顔を知るうちに、次第に庇護欲以上の好意を抱くようになり…。

LYNX ROMANCE

双龍《そうりゅう》に月下《げっか》の契《ちぎ》り

深月ハルカ illust.絵歩

本体価格 870円＋税

天空に住まう王を支え、特異な力で国を守る者たち・五葉。次期五葉候補として下界に生まれた羽流は、自分の素性を知らず、覚醒の兆しもないまま、天真爛漫に暮らしていた。そんな折、羽流のもとに国王崩御の知らせが届く。それを機に、新国王・海燕が下界に降り立つことに。羽流は秀麗かつ屈強な海燕に強い憧れを抱き、「殿下の役に立ちたい！」と切に願うようになる。しかし、ついに最後の五葉候補が覚醒してしまい――？

LYNX ROMANCE

たとえ初《はじ》めての恋《こい》が終《お》わっても

バーバラ片桐 illust.高座朗

本体価格 870円＋税

戦後の闇市。お人好しの稔は、闇市を取り仕切るヤクザの世話になりながら生活していた。ある日、稔はGHQの大尉・ハラダと出会い、親切にしてくれる彼に徐々に惹かれていく。そんな中、闇市に匿われていた戦犯の武田がGHQに捕らわれ、そのことで、ハラダが稔に親切にしてくれていたのは、武田を捕らえる目的だったことを知る。それでも恋心が捨てきれない稔は、死ぬ前にもう一度ハラダに会いたいと願うが…。

LYNX ROMANCE

月狼《げつろう》の眠《ねむ》る国《くに》

朝霞月子 illust.香咲

本体価格 870円＋税

ヴィダ公国第四公子のラクテは、幻の月狼が今も住まうという最北の大国・エクルトの王立学院に留学することになった。しかし、なんの手違いか后として後宮に案内されてしまう。そんなある日、敷地内を散策していたラクテは伝説の月狼と出会う。神秘の存在に心躍らせ、月狼と逢瀬を重ねるラクテ。そしてある晩月狼を追う途中で、同じ色の髪を持つ謎の男と出会うのだが、後になって実はその男がエクルト国王だと分かり…？

初出

甘い恋	2013年リンクス5月号「甘い恋の味」を加筆修正の上改題
甘く、して	書き下ろし

この本を読んでの
ご意見・ご感想を
お寄せ下さい。

〒151-0051
東京都渋谷区千駄ヶ谷4-9-7
(株)幻冬舎コミックス　リンクス編集部
「星野《ほしの》 伶《れい》先生」係／「木下《きのした》けい子《こ》先生」係

リンクス ロマンス

甘い恋

2014年10月31日　第1刷発行

著者……………星野《ほしの》 伶《れい》
発行人…………伊藤嘉彦
発行元…………株式会社　幻冬舎コミックス
〒151-0051　東京都渋谷区千駄ヶ谷4-9-7
TEL 03-5411-6431（編集）
発売元…………株式会社　幻冬舎
〒151-0051　東京都渋谷区千駄ヶ谷4-9-7
TEL 03-5411-6222（営業）
振替00120-8-767643
印刷・製本所…株式会社　光邦
検印廃止

ISBN978-4-344-83250-3 C0293
Printed in Japan

幻冬舎コミックスホームページ　http://www.gentosha-comics.net